沒有鑰匙的夢

鍵のない夢を見る

辻村深月

Mizuki Tsujimura

目次

仁志野町的小偷

在微暖的巴士裡看到站在前方的她時，「啊，小律。」我內心反射性地想。已經多少年沒見面了？她意志堅定的眼神與烏亮筆直的頭髮一點都沒變。

她向觀光客行禮，透過麥克風大聲招呼：「各位早！」她的發音沉穩，很熟練地應對我媽這種中高年人。

「感謝各位今日搭乘那賀交通觀光巴士。今天不巧天公不作美，是個陰天，但天氣預報說應該不會下雨。我相信今天車上的各位平日都有行善積德，讓我們一起期待明天會是個大好晴天吧！」

上星期我才在課堂上對我帶的六年級學生說最好避免使用「都有、都沒有」的說法，不過乘客中傳出一片掌聲，熱絡的附和聲響起：「咱們平日可是好善樂施的！」

「那當然了。」律子開心地應道。

「我是導遊近田，這兩天將陪伴大家，介紹導覽。這位是司機岡本，我們來請他招呼幾句。」

她轉過身去，把麥克風遞到司機嘴邊的時候，帽上的緞帶搖曳，長髮垂落彎下的胸前。司機用一種耿直認真的語氣向乘客寒暄，律子笑了：

「司機岡本很害羞，不會說話，每次打招呼都很簡短。可是我常跟他搭檔，他的駕駛技術可是一把罩喲。至於違規記錄呢——是的，一次也沒有。」

深藍色的背心與窄裙，細條紋白襯衫搭配黃領帶。頭頂的帽子也繫了同色的緞帶。她已經是個大人了。

曾在遠足巴士中坐在一起的我們這兩個孩子，現在成了導遊和老師。已經是這把年紀了。

母親找我一起參加的「伊勢神宮進香團」裡，不出所料，年輕人只有我一個。律子在大伯大嬸圍繞中，配合他們的節奏導覽介紹。

在我旁邊靠窗座上的母親一上車就拿出茶和點心，似乎完全沒發現眼前的巴士導遊是女兒以前的同學。

律子自我介紹她姓近田。跟我以前知道的姓氏不一樣。她戴著手套，看不出有沒有婚戒。心底湧出一股暗潮洶湧的感覺。她，結婚了？

她在各所學校輾轉流離，但一定從來沒想過要離開這塊土地吧。儘管不曉得何時會碰上舊識，她卻在市內的這家公司擔任巴士導遊。她不是去了東京嗎？我以為她會趁那個機會，和她那個母親就此分道揚鑣。還是因為結了婚，總算擺脫她母親了？

我看到她把麥克風遞向一名乘客微笑，啊啊——忍不住瞇起了眼睛。

她一定是真心覺得不管遇上誰都無所謂。她站在眾人面前的模樣是如此坦蕩，看得出她從事這一行已經很久了。即使沒有成為兒時嚮往的偶像歌手，也沒有離開這塊土地，她依舊是問心無愧，心安理得吧。結果她還是在這個小鎮扎了根。

我忽然想起：相對於她，我究竟在這地方做了些什麼？

律子明朗地大聲介紹今天的行程。我們會在名古屋下車，午餐時間，我們為大家預約了可以順便逛街打發時間的店鋪。然後再繼續上高速公路，一路往伊勢神宮前進。

我聽著她的聲音，記憶倒轉至小時候。想起那個背對著我、阻止我出聲呼喚她「小律」的身影。

沒錯，我們都已經是大人了。

1

小學三年級的暑假結束時，水上律子轉到我們班來了。

仁志野町總共有四所小學，我讀的仁志野北小是町內最小的一間學校，距離有車站和綜合醫院的鎮中心的南小，騎腳踏車要三十分鐘以上。每年級只有一班，從入學到畢業，同學都是一樣的面孔。

律子是從鄰鎮來的。很少有學生會從附近地區轉來，而且還不是新年度開始的時候轉來，這在北小是很罕見的事。

律子個性開朗，而且手很靈巧。大家都喊她小律。她頭髮很長，每天都頂著精心打理過的髮型來上學。那好像是她自己弄的，不像我，每天早上都是讓母親紮個馬尾就算了，所以律子在下課時說「我幫妳弄」，為我綁麻花辮子時，我開心極了。

律子功課不好，但運動神經很出色。還有每次合唱時，她都會拚命拉開嗓門大聲唱。

「我以後要當偶像歌手！」

有一天她告訴我。

「我想登上MUSIC STATION❶！」

和律子最要好的是優美子。

或許因為是鄰座，她們一下子就成了手帕交，兩邊的母親也經常會閒聊。她們常去彼此家裡寫功課或做美勞作業，好像還會兩家一起去看電影、買東西。

優美子是個天使般的女生，她跟每個人都聊得來，對別人的意見從不贊成或反對，臉上總是笑咪咪的，大家也都接納這樣的她。如果問對她的印象，十個人裡面有十個都會回答「很乖」、「很喜歡她」。她非常受歡迎。優美子的母親在家裡教鋼琴，她自己也彈得一手好琴，經常是律子唱歌，優美子為她伴奏。相較於個子嬌小，手腳白皙，宛如妖精的優美子，律子膚色黝黑，個子也是班上數一數二的高。有時候她們看起來就像一對親密的姐妹。

優美子從來沒有特別要好的朋友，這下卻有了姐妹淘，因此一開始也有人羡慕律子，或是說她的壞話。可是沒多久，律子開始拿她自己或弟弟的糗事逗大家開心，贏得了「這女生很風趣」、「很開朗」的評價，漸漸融入了班級。

我跟律子還有優美子都很好。這是因為我跟優美子家本來就住得近。雖然年紀還小，但我還有點自知之明，即使憧憬成為偶像歌手，也絕對不敢說出口。不過我還是很喜歡跟眾所矚目的她們兩個一起玩。

「小滿，我弟說他喜歡妳喲。」

生平第一個說他「喜歡」我的男生，就是律子的弟弟。律子的弟弟幹也小我們兩歲。雖然告白的對象是才剛上小學一年級的男生，我卻心頭小鹿亂撞，害羞地搖頭說：

「騙人。」

「明明就是優美子比較可愛，幹也怎麼會喜歡我？」

「他說因為妳對他很好。妳常常陪他玩嘛。」

❶譯註：日本朝日電視臺在黃金時段播放的現場直播音樂節目。

聽說他們姐弟吵架的時候，如果律子恐嚇說：「我要告訴小滿喲！」幹也就會一下子乖乖聽話。如果再逗他說：「你喜歡人家，所以不曉得該怎麼辦吧？」他就會認真地動了氣。

的確，去律子家的時候，優美子和律子兩個人玩在一起，有種不好打擾的氣氛時，我就會去找幹也玩。我們會一起打電動，或是去外頭抓螯蝦或蝌蚪。

我們住的小鎮不管去到哪裡，只要離開了大馬路，就是成片的稻田。在一片水和泥巴的氣味中，撒下網子，就可以撈到一大堆螯蝦，好玩極了。蝌蚪也是，多到嚇人。蝌蚪摸起來黏黏滑滑的，用手指捏起來時的觸感很舒服，有很多小孩不敢摸，但我跟幹也都不在乎。家裡不許我養動物，但律子家很大方，不管是螯蝦還是蝌蚪，都可以抓回家養上一陣子，觀察牠們的生態。他們家的玄關擺滿了五顏六色的水桶和臉盆。

「今天大豐收呢。如果這些螯蝦全是龍蝦，就可以做成一頓大餐了呢。」

律子的媽媽是家庭主婦，總是在家，她幫我們裝了一桶又一桶的水。

律子家的簷廊正對著我們上下學時經過的路，從外面就可以看見整個客廳。夏天的時候，窗戶多半開著，也幾乎不會拉上窗簾。名副其實地完全開放，可以看到律子的媽媽在凌亂的房間裡燙衣服，還可以聞到他們星期六的午飯吃秋刀魚。

「噢，小滿，妳要回家啦。」

每天放學，律子的母親都會從屋裡對我招呼。她個子嬌小，體型微胖，不管何時看到都是圍裙打扮，從來不化妝。頭髮也跟女兒不一樣，是一頭短髮。

我的母親可能因為是小學老師，個性不苟言笑。戀愛的話題也是，從小就禁止我談論，但律子的母親就會對我說：「小滿很受男生歡迎對不對？我家的幹也有好多情敵喲。」弄得我面紅耳赤。我不習慣這種話題，不知道該如何回答。律子和優美子都笑了，但幸好她們的笑沒有任何嘲諷的意思。所以在律子家玩耍，還有幹也對我的好意，都讓我覺得很愜意。

律子的母親好像在家裡做一些家庭代工。我也是在律子家第一次學到「家庭代工」這個詞的。玄關和客廳堆了許多紙箱，裝著不知道是什麼機器的零件，上面密密麻麻地排列著綠色和金色線條的金屬片。

我們在玩的時候，旁邊的律子母親也在手中製造出細細白白的煙霧。電烙鐵前端的銀色塊狀物融化成液體，發出刺鼻的氣味，令我大為興奮，讚嘆：好厲害！要是換作我母親，一定會說危險，不准我靠近，但律子的母親卻問：「妳要試試看嗎？」一邊拿給我。

律子的家充滿了熱度和金屬的氣味，跟我家截然不同。

在北小，每年大家都會一起準備畢業成果展。畢業前，幾個朋友分成一組製作版畫或圖畫，留在學校做紀念。歷代的六年級生都這樣做，而我們都懷著憧憬看著他們的作品。

「做畢業作品的時候，我們跟小律的媽媽借電烙鐵來做東西好嗎？」

優美子說。「我們三個人一組吧！」明明還是好幾年以後的事，優美子卻邀請我一起加入。我鬆了一口氣，開心地點頭答應。畢業成果展是我們學校的大型活動之一，受到全校學生矚目。落單而必須一個人製作畢業作品的六年級生，不是怪人就是沒有朋友的人，總之非常淒涼。

「好哇，來我家做吧！」

律子露齒笑道。

2

小學四年級有段時期，我們一直沒去律子家玩。

她母親好像不在家，放學路上看到的簷廊窗戶緊閉，白天也拉上了蕾絲窗簾。我很在意，但沒有詳細追問。我還是會跟律子和她弟弟玩，但地點大多是附近的公園或神社，或是我和優美子家。

球類競賽的練習開始了。

在我們住的縣裡，小學四年級以上的學生，每個年級都要跟附近的學校舉行球賽。女生比迷你籃球，男生比足球。

「小律的迷你籃球打得很好，所以不覺得有什麼吧。好羨慕喲。」

運動神經不好的我這麼說道，結果律子表情有些陰沉地說：「我討厭球賽。」

「為什麼？」

「就是不喜歡。」

體育不好的學生裝病不下場是常有的事，但我沒想到律子會這麼說，意外極了。然後球類競賽那天，律子真的缺席沒來。聽說是感冒。

優美子和我沒有在學校說出律子說她討厭球賽的事。萬一被別人以為她是裝病沒來就糟了。與其說是自發性地想要庇護律子，倒不如說我害怕打律子的小報告，會遭到律子和優美子唾棄。

一段日子後，律子家簷廊的窗戶打開了，又回到從前那樣，可以在放學的路上看到律子家裡的情形。隔了好久又去律子家玩的時候，客廳的榻榻米上躺著一個嬰兒。嬰兒睡得香香甜甜，但他那嬌小、脆弱但清潔的氛圍與律子家格格不入。

「這是你們家的小孩嗎？」

「不是啦。」

律子的母親從裡面出來對我們說。

「是親戚的小孩。」

「哦。」

我和優美子被允許觸摸嬰兒的手或抱他。從此以後，不管何時去玩，那個嬰兒都在律子家，不是律子的母親揹著，就是律子或弟弟熟練地哄他。我們以外的其他同學去律子家玩，也都聽說那個嬰兒是「別人家的小孩」。

「聽說律子家有嬰兒寄養在那裡耶。」

我在自家餐桌上提到這件事，結果換來母親納悶的回答：

「那是律子的弟弟吧？媽在超市碰到律子的媽媽，她這樣跟我說的。」

我滿頭霧水，啞然無言。怎麼可能？但除了我以外，也有許多同學從父母那裡聽到同樣的事。

「那是妳弟弟嗎？」

幾個同學向律子確認，律子猶豫了一下，但還是「嗯」地點頭承認了。

「我媽說很丟臉，叫我不要說出去。」

當時我們才剛開始接受性教育。

聽到被形容為「很丟臉」，我們突然尷尬起來了。

我從來沒有想過大人會撒謊。而且一邊對小孩子撒謊，另一邊卻又滿不在乎地對大人說實話，讓我覺得怪恐怖的。

律子家跟我家果然不一樣。

3

「小律她媽是個小偷。」

耳語般的流言從律子家附近傳了開來。

當時我們已經升上小學五年級了。

大部分的悄悄話我們都已經習慣了，而且我們的「祕密」就像不成文法一樣，理所當然是眾所共享的。畢竟一個年級只有一班。誰的爸媽離婚了、班上誰跟誰接吻了，這些事到頭來也都彷彿不吐不快似地，被眾人攤開來談論。

樹里把我叫去陽臺，聽到她說出「小偷」這兩個字時，我傻住了。

我想到的是卡通「蠑螺小姐」❷裡面登場，頭上裹著布、揹著螺旋花紋包袱的盜賊。

再不然，就是我跟父親在電視上看到的電影中結夥搶銀行的帥氣黑衣集團。「小偷」對我而言是如此陌生，讓我只能做出這類想像。我以為她是在說笑。

「小偷？」

樹里一本正經地點點頭。

「妳果然不曉得。她們家附近傳得很凶呢，可是優美子跟小滿家住得比較遠，所以我想或許妳們不知道。大家都說妳們應該知道一下比較好。」

看樣子在樹里周遭，這已經是眾所皆知的事實了。

不是都會也不算偏鄉的我們小學所在的地區，農地與住宅區劃分得涇渭分明。住家背對著稻田的那一區，像是從不甚廣闊的住宅區裡再分出來蓋的。許多人家沒有圍牆和大門，庭院的分界也很模糊，住家之間的界線可以說是建立在默契之上。

「聽說小律她媽會進去附近人家偷東西。像我們班上，美貴跟翔太家就被偷了。」

「妳說偷東西，是偷錢嗎？」

「廢話。美貴家放在電視櫃下面抽屜的兩千圓被偷了。」

兩千圓對我們來說可是一筆大錢。美貴家和翔太家我都去過，知道他們家的格局，也知道電視櫃下面的抽屜長什麼樣子。我想像律子的母親站在他們家客廳的畫面，登時覺得怪異極了。

「聽說大人從去年開始就在傳了。真矢好像被她媽交代，要跟小律玩可以，可是不要讓她到家裡來。說最好不要讓她一個人待在房間裡。」

「又不是小律偷東西，是她媽偷的吧？」

「萬一她是去別人家預先勘察怎麼辦？」

剛才的怪異感又湧上心頭。

勘察。

我知道那只是樹里單方面的猜想，但我還是想像起總是玩在一起的律子趁著我不在的瞬間，偷開我家抽屜和櫥櫃的場面。她面無表情的模樣出現在鮮明的想像中，令我感到困惑。

樹里提到了關於偷竊的事。

律子的母親會溜進鄰家行竊。這一帶的人家，出門時都不會鎖上玄關門，農家就更

❷譯註：長谷川町子的四格漫畫，曾多次改編為動畫及電視劇等，是日本代表性的國民漫畫作品。

不用說了。大部分的人在住家附近都有農地或稻田，所以都是用一種出去一下就回來的心態外出忙農活。據說律子的母親就是趁這個機會溜進別人家。

她偷的是現金和存摺。失竊的現金數字多的甚至有好幾萬，不過大部分好像都是幾千圓。她不像一般小偷會翻箱倒櫃，而是只對目標範圍內的櫃子或文件盒下手。而就樹里聽到的，存摺即使被偷，好像也沒有被盜領。

「怎麼知道是小律的媽媽偷的？」

「被當場逮到了嘛。而且還不只一次。」

樹里答道。

「她在偷東西的時候，那一戶的人家回來了。小律家隔壁的叔叔好幾次生氣地叫她不要再來了，可是她還是依然故我。」

「咦！」

我忍不住叫出聲來。樹里似乎為我驚訝的反應所激勵，「美貴家也是喲。」她接著說。

「聽說美貴的媽媽抓到人後，直接就把那兩千圓給了小律的媽媽，叫她不要再來了。小律的媽媽被抓到的時候會悔過，但沒被抓到的時候就不承認。就算從人家家裡走出來的時候被附近鄰居看到，她也說不是現行犯，不肯承認，讓大家傷透腦筋。不過聽說逼問她以後，有時候存摺會被寄送回來。」

裝大人似地使用了「現行犯」這個詞，卻因為陌生，反而顯得幼稚。我反射性地感到一陣嫌惡。

狹窄的陽臺薄薄的門板裡頭，現在律子應該正在準備吃營養午餐。我們是同一組的。我不知道回去座位以後要用什麼樣的表情跟她一起吃午飯才好。

我盯著樹里。知道這些傳聞的附近鄰居的同學父母，是用什麼樣的心情面對律子和她的家人的？五月的運動會時，我看見他們坐在相鄰的地墊上，滿不在乎地與律子一家談笑風生。

「報警了嗎？」

「沒有人報警。因為都是左鄰右舍嘛，要是把事情鬧大，不是太可憐了嗎？」

樹里抬頭挺胸，當場搖頭說。「都是左鄰右舍嘛」，我覺得這種口氣應該也是從大人那裡學來的。

「聽說小律她媽從以前就是那樣。」

樹里低低地說。

「在以前的學校，也是因為小律她媽偷人家東西，事情傳開來，好像還被報警。結果她們只能待上一年左右，每年都得搬家。去年的球類競賽，小律不是沒來嗎？」

「咦？是啊。」

我一陣心驚，點了點頭。

「大概是不想碰到以前學校的同學吧。她好像換了非常多學校。」

「……不曉得優美子知不知道這件事。」

我提起優美子的名字，就像渴望清淨的空氣。樹里說的話，還有想像中的律子的母親，讓我幾乎快要窒息了。

「不曉得，不過我們打算也找個人跟她說。」

「到時候可以找我一起嗎？」

「可以呀。」

我想和優美子談談。我覺得可以好好地用自己的話，而不是用大人那裡聽來的話討論的對象，身邊就只有優美子一個人。

大家都喜歡優美子，所以才想要挑律子的毛病也說不定。或許他們想把律子從優美子身邊拉開。嫉妒總算找到宣洩的出口，化成了銳利的尖刺攻擊律子——腦中不禁浮現這樣的意象。

溜進別人家是什麼樣的心情？去年我家附近的笹山家把二代同堂的房子重新改建，母親說著「請讓我們參觀一下，參考參考」，帶我一起去看。看過客廳、浴室和廚房以後，我們被帶去那一家念國中的男生書房，阿姨道歉地說：「小友，讓我們看一下喲。」然後用一種對外人的客氣聲音介紹：「這種櫃子很方便喲。」男生尷尬地把書攤開在桌上，頭也不抬。阿姨說常有附近住戶來參觀，房間吸得一塵不染，收拾得很整潔。「真棒。」母親點點頭說，我在旁邊努力不去看那個男生，心裡只想快點回家。

「對了，聽說小律的爸爸在風月飯店工作，是負責給人鋪床什麼的呢。」

樹里又趁勝追擊似地說，我只能應道：「這樣喲。」

回到教室，律子正在座位上看書。她面無表情地低著頭，瞪著打開的書頁。我的心臟猛地一跳。她看也不看前面座位的我，低著頭，嘴裡偶爾小聲嘀咕著什麼，好像是在唸書本上的內容。

我忍不住別開視線，心想事情曝光了。律子平常不會在午餐前的這種時間看什麼書，更不會像這樣喃喃自語地唸書。

我沉默著，去打菜區排隊領自己的營養午餐。隊伍都快結束了，還沒去領餐的只剩下我和樹里。

律子以前也換過學校。

每次流言傳開，她就轉學。然後在我們學校，流言也已經越傳越廣了。律子就快離開這裡了嗎？我們沒辦法一起畢業了嗎？我們明明跟律子說好要借她母親的電烙鐵一起製作畢業作品的。

我又想起律子母親的臉。隨口敷衍，謊稱嬰兒不是自己孩子的大人。明明遲早會被揭穿，瞞著我們那麼一下子，又有什麼意義呢？我也不懂從美貴家偷來的兩千圓能做什麼。她就那麼缺錢嗎？

簡直像小孩子。

我想起律子家前面的水田泥濘。被攪得軟爛的泥濘裡，擠滿了多到數不清的螯蝦。

我想起牠們的夾子和硬殼散發的土味，甚至好像聽到了青蛙的呱呱聲，忍不住「哇」地作嘔欲吐。午餐我幾乎吃不下去。

4

隔天放學，律子回家以後，樹里和幾個女生叫我和優美子留在教室。我心想終於來了，背緊繃起來。

她們在說的時候，我一直待在優美子旁邊。我甚至打定主意萬一有什麼狀況，就要牽著她的手一起逃走。那個時候我們三個是最要好的，所以我覺得這是我的責任。

可是令在場每個人都跌破眼鏡的是，聽完以後，優美子面不改色，只說了句：「我知道。」

眾人都愣住了看她：「咦？」

優美子小巧的嘴唇在漂亮的臉蛋上微微噘起，點了點頭說：

「我知道律子媽媽的事。我剛跟她變得要好的時候，我家也出過**那種事**，我媽媽和律子的媽媽談過了。我媽媽叫律子的媽媽不可以再做那種事。」

我啞然無言。

從昨天開始，就是一連串令人驚訝的事，然而這是其中最讓人震驚的。優美子緩緩移動視線接著說：

「我早就知道了。」

然後她靜靜地站起來，瞥了我一眼。看到她的眼神瞬間，我對坐在這種地方的自己感到羞恥極了。我慌忙地跟著她一起站起來，抓起書包，匆匆追上離去的她。樹里她們只是傻在那裡，沒有人追上來。

去到走廊，穿過玄關，直到來到水田的田梗前，優美子都沒有說話。不久後，她低低地開口了：

「對不起。」

優美子終於轉頭看我了。她臉上浮現微微的笑意，令我鬆了一口氣。

「我一直沒跟妳說，對不起。我一直想告訴妳的。」

「沒關係。」

原來優美子早就知道了。我大受打擊，若說不在乎是騙人的，但總而言之，我比以前更要尊敬優美子了。她早在大家鬧起來以前就知道這件事，卻沒有到處張揚。她現在還是律子的好朋友，跟律子的母親對話也一如既往。

「我媽媽說可以跟律子當朋友沒關係。」

優美子的母親不愧是鋼琴老師，氣質優雅，可能是因為也教高中生，說起話來直爽俐落，帥氣極了。而且她比我母親更要年輕許多，給人印象十分時髦。

「要來我家嗎？」

優美子問，我點點頭：「嗯。」

馬路前就是律子家了。我不禁祈禱簷廊的窗戶是關著的。

從明天開始，好好地像往常那樣三個人一起回家吧——我下定決心。今天好像排擠律子似地和優美子兩個人在一起，總覺得好內疚。

我盡量靜悄悄地俯著頭經過屋子前。律子或許也正躲著我們。我沒有去確定簷廊的窗戶是不是開著的，但屋子那裡連平常總是可以聽到的律子弟弟的聲音也都沒了。

這條路是幾乎所有的同學上下學必經之路。大家聊的內容，屋子裡一定聽得到吧。

樹里她們也每天走這條路回家。

來到優美子家時，她的母親端出冰果汁來。她們兩個好像在說些什麼，一會兒後才出來客廳。我在擺著鋼琴的涼爽房間裡，手擱在膝頭上，乖乖坐著等。

現在正好是沒有鋼琴課的空檔。優美子的母親要我和優美子坐在沙發上，自己則坐在斜對面的鋼琴椅上，然後慢慢地開口問我：

「小滿，妳已經有月經了嗎？」

「還沒有。」

我嚇了一跳，搖了搖頭。我聽說班上快的女生已經有了，可是這是不好跟朋友當面談論的話題。優美子的母親靜靜地點頭說：「這樣啊。」我很在意在旁邊默默吸果汁的優美子。優美子已經有月經了嗎？優美子的個子比我矮，也比我瘦。——律子呢？她個子很高，胸部也很大。

「我想律子的媽媽不是因為缺錢才那樣做的。」

話題突然跳到律子的媽媽身上，我的胸口猛地一跳。這是我第一次聽到大人提起律子家的問題。

「女人有的時候會突然變得暴躁易怒。等到小滿有生理期以後或許就會懂了，但有的時候，那是自己怎麼樣都克制不了的。我想律子的媽媽就是這樣。」

我想當時我並不是立刻完全了解了優美子母親的意思。不過即使不懂，我還是可以記下來。事後我一再反覆思量這天的事，每次玩味，都陷入一種不可思議的心情，懷疑那真的是現實嗎？深藏在心裡的這段記憶，就好似一段白日夢。

這天，我好羨慕默默坐在母親旁邊的優美子。

我就沒辦法問自己的母親這種問題。

班上同學的父母反應不一，但聽說沒有人積極帶頭把事情鬧大。這是一所每學年只有一班的小學校。律子的弟弟班上一定也是同樣的情形。聽說這件事在家長教師會上也成為話題，老師們當然也都聽說了。

不知道這件事受到多麼嚴肅的討論。關於什麼人怎麼樣直接警告律子的母親，也有諸多傳聞，但真假撲朔迷離。我沒聽到律子的母親被警察抓走的消息，後來她也照樣參加教學參觀活動和運動會，也和其他家長親密地聊天。每個人都表現出一副若無其事的態度。或許這就是大人吧。

而我們小孩子之間也是，一陣子以後，責備律子的流言就平息下來了。雖然還是一樣會有人在背地裡說壞話，但這些聲音也沒入了地下，不再有人肆無忌憚地說三道四了。告訴我傳聞的樹里她們也繼續和律子變得要好。我不知道大家私底下怎麼想，但他們會這樣，有兩個理由。

一是已經厭倦炒作這個話題了。

第二個理由則毫無疑問是優美子的力量。因為班上學鋼琴的同學大部分都是去優美子的母親那裡，所以他們會避免和優美子起衝突。更重要的是，優美子毅然的嚴正態度讓人一下子失去了霸凌的念頭。

5

到了六年級夏天，律子依然沒有要轉學的樣子。我聽說她在其他學校頂多待上一年就搬家了，但她在三年級的時候轉到我們北小，後來就這樣一直念到六年級。

第二學期開始，終於要著手製作畢業作品了。暑假有個作業，是要一起準備畢業成果展的同學決定好作品內容。律子的母親已經不再做家庭代工，因此用電烙鐵做東西的點子行不通了，於是我和優美子、律子三人決定用圖畫紙畫一張大圖。

暑假我和母親去了縣政府所在的鬧區。我們看了電影、吃了飯、買了東西，快傍晚時才回家。

我在車庫下車，一手提著裝有我新衣服的紙袋走到玄關。母親在後面鎖車子。

我注意到玄關的拉門沒有關緊。門開了一條小縫，那條細縫裡是一片看不透的漆黑。

我有種不好的預感。

母親出門時鎖門了嗎？出門時爺爺還在家，但他的小貨卡不在門口，一定是去田裡了。家裡應該沒人。

我抓住拉門，喀啦喀啦喀啦，門滑開了。

走廊盡頭處有個渾圓的背影。一道冷風「咻」地穿過喉嚨。我驚嚇得太厲害，連叫都叫不出聲來。黃色的圍裙帶子。短髮。發福有贅肉的渾圓背影。律子的母親注意到人的動靜，回過頭來。

不曉得看過多少次、應該一如往常的律子母親的臉，現在卻像初次見到的陌生人一樣痙攣著。這裡是我家。是我家，不是律子家。阿姨在這裡太奇怪了。

我慢了一拍，總算要尖叫出聲的時候，母親從背後跑來了。聲音鞭策我似地飛上來：

「小滿！把玄關關上！」

我嚇了一跳，回過頭去。母親飛快衝進來，眼睛緊盯著律子的母親。律子的母親也從正面注視著我的母親。母親越過聽到了指示卻一動也不動的我，自己動手關上玄關門——就像要把家裡從外頭隱藏起來似的。

律子的母親面色蒼白地杵在原地，手中握著幾張萬圓鈔和千圓鈔。她的眼睛就像忘了眨眼似地圓睜著，眼角陣陣抽動，嘴脣微微地、顫抖似地掀動著。

「小滿。」

母親叫我。她彎身讓眼睛來到我的視線高度，吩咐：「去二樓妳的房間。」我沒有點頭。

我這才發現，原來母親早就知道了。她什麼都沒有告訴我，也沒有提起，但是她早就知道了。

「叫妳上樓！」

律子的母親用一種看不出喜怒哀樂的表情望著半空中，然後就像膝蓋以下硬化了似地，身子一晃，筆直坐倒在走廊上。我輸給了母親的厲喝，被驅離現場。我咬緊下脣想著：怎麼辦？我看到了。怎麼辦？小律，怎麼辦？

即使上了二樓，我也不想進房間，一直從樓梯偷看似地窺望樓下。可能是擔心被我聽見，大人的聲音細得就像低語呢喃，儘管確實是在交談，卻完全聽不清楚內容。

兩人的話聲中，律子的母親聲音壓倒性地小而細，且話很少。幾乎只有我母親在說話。平常總是那麼開朗活潑的律子母親居然變得這麼寡言，這把我嚇到了。

全是些令人不解的事。

平時在律子家聊天時，律子的母親完全不是那樣的。為什麼我會覺得她突然變成了不能跟她攀談的陌生人？不懂，不懂，我不懂。

一會兒後，我聽見有人從玄關離開的聲音。我急忙移動位置，從樓梯的窗戶往外看。律子的母親騎上淑女車，依舊身穿圍裙，兩手空空，慢吞吞地騎過馬路。

我看著她的背影，忽然疑惑阿姨是要就那樣直接去買東西嗎？

我家附近只有一家超市。我聽說律子的母親沒有汽車駕照，所以只能去那裡買東西。那家超市有許多熟人會去，我母親也會去那裡，一定會碰到面。到時她們彼此會是什麼樣的表情？過去她又是用什麼樣的表情面對優美子的母親、美貴的母親、翔太的母親呢？附近的內田阿姨有時候會去超市顧收銀臺，而且內田家的小孩跟幹也是同學，所以內田阿姨應該也知道律子的母親是小偷的事。她是用什麼樣的心情幫她結帳的呢？就當作什麼事都沒發生過。

我們鎮上的大人，當作什麼事都沒發生過。

我走下樓梯來到客廳，桌上擺著捏皺的鈔票。母親一臉疲憊地坐在前面。她發現我來了，站了起來，露出為難的笑，然後迅速把桌上的錢藏進自己的口袋裡。

我聽說美貴的母親當場抓到律子的母親時，給了她兩千圓，原來我家不這樣做。

「媽，我聽說小律的媽媽是小偷。」

過去我覺得好像會背叛律子，一直說不出口。可是現在我覺得就是因為我不說，才會變成這樣，所以無論如何都想說出來。母親就像過去的優美子那樣答道：「我知道。」

「媽在律子轉學過來以前就聽到這種傳聞了。可是律子跟她的母親沒有關係。小滿，妳懂吧？」

「我可以繼續跟小律當朋友嗎？」

我咬著嘴唇，花了好久才問。

律子的母親真的是小偷。雖然我一直聽到這樣的流言，打擊卻比想像中的更大。我體認到說穿了我根本什麼都不了解。為什麼被闖空門的人家的同學能夠滿不在乎地來上學？為什麼可以滿不在乎地跟律子還有她的母親說話？

母親是不是應該報警？可是這樣一來，律子就再也待不下去了。她又得轉學了，她們家還有小嬰兒，但律子的母親可能會被警察抓走，關進監獄。該怎麼做才是對的？沒有人告訴我正確答案。可是這樣是不對的。

母親沒有回答，我再問了一次：

「我可以繼續跟小律當朋友嗎？以後我還可以找她來我們家玩嗎？」

母親點點頭：

「可以呀。」

母親沒有笑。我知道她也正在努力思考，然後回答。

「永遠跟她做好朋友吧。」

隔天律子來我家了。幹也也一起。

我不想出門，也不想跟任何人說話，所以關在家躺在床上，一直盯著天花板看。玄關門鈴響了。爺爺在夏季每天都去下田，母親也只有昨天休假。然而難得假日出遊，卻被傍晚的那件事給搞砸了。

我沒有理會，結果聽見外頭傳來「一、二、三」的吆喝聲，然後兩人齊聲大喊：

「小滿！」

我猶豫著要不要應門。我不想見律子，我想要用被子蒙頭當作沒聽見，但又改變了心意。律子一定也不想見到我，可是她還是來了。

我爬起來，慢吞吞地走下樓梯。兩人都在玄關前站得直挺挺的，罰站似地立正等我。

我打開門，幹也看到我的臉，立刻露出鬆了一口氣的表情。可是律子的臉繃得緊緊的，而且紅通通的。臉頰和額頭，所有的皮膚看起來都因為緊張而僵硬了。兩人的額頭都布滿了豆大的汗珠。

蟬在叫。

「對不起！」

律子低頭道歉。

她的腰完美地彎到近九十度。她臉上掉落的淚珠就像要畫出水點似地不斷滴落在玄關前乾燥得幾乎揚起塵埃的土黃色地面上。

幹也不安地交互看著姐姐和我。

律子那宛如面對外人的態度擊垮了我。多麼鄭重其事的「對不起」。那是只在向大人道歉的時候才會用的生疏語調。

看到我沒反應，幹也哇哇大哭起來。我深深地吸了一口氣，問律子：

「……妳都是像這樣跟人家道歉嗎？」

「才沒有。因為是小滿……」

律子垂著頭，維持著相同的姿勢，肩膀開始顫抖。淚水，還有隨著話語一同從口中流出的唾液及鼻水弄髒了玄關的地面。

「小滿，對不起！」

幹也一直嚎啕大哭個不停。我感覺得出律子正咬緊牙關，忍住不崩潰大哭。

如果律子也像幹也那麼小就好了。如果我也小得可以什麼都不懂，只管哭泣就好了。可是我流不出眼淚。

我和律子就這樣懸在半空中，不知如何是好。不管大人還是小孩都好，如果能選邊站就輕鬆了。

「沒關係。」我喃喃道。

我累了。

律子抬頭，哭著說：「對不起。」

我們已經約好下星期要跟優美子一起去買畫畢業作品的顏料。

我大概也會當作沒這回事。雖然還不是大人，但我已經明白了。

6

我們去站前的南小地區買顏料。

我們花了三十分鐘騎上坡道，總算來到有賣文具的大書店。到達目的地的時候渾身是汗，書店裡的涼爽空氣讓我們感激涕零。我們吵吵鬧鬧地進入店裡，店員瞬間用一種不耐煩的眼神看著我們。我們很緊張，因為這是我們第一次沒有大人帶，自己來到這麼遠的店，不過今天我們有父母給的錢。我們緊握著可以光明正大買文具的錢，一點都不覺得侷促不安。

「除了顏料，也買點別的東西吧。」

優美子說。

這裡不管是漫畫、雜誌還是可愛的信封信紙組、自動筆，什麼都有賣。最棒的是沒有大人盯著，今天只有我們小孩自己。我有點興高采烈起來。我們在店裡自由行動，各自去逛想逛的地方。

我大略看了一下可以翻閱的雜誌後，便想去其他區物色卡通自動筆和墊板。

我看到律子一個人的背影在那裡。優美子不在旁邊。

律子的背影。

平時她總是個子高挺，抬頭挺胸，現在卻彎腰駝背，蜷著身子。就像我打開自家玄關門時看到的律子母親的背影。明明沒有黃色圍裙的帶子，影像卻重疊在一起了。

我無法移開視線。

不行。

腳僵住了。

律子的手無聲無息地朝自己的裙子移動，若無其事地，就好像不小心手滑了一下。

我知道她正努力佯裝沒什麼，手指卻笨拙地鉤曲著，使足了勁。

「……小律。」

我出聲，瞬間律子回頭，同時彎曲的指間掉下一塊小小的星形橡皮擦。律子看到我，焦急地盯住掉在地上的橡皮擦。她的眼睛就像遭到鬼壓床似地睜得老大。

她的視線驚惶地游移，大概是在找優美子。

看到她那種眼神，我就了解了。我沒有誤會。掉在地上的小橡皮擦，不管怎麼看都不是多昂貴的東西，不是我們的零用錢高攀不上的貴重物品。

律子跟她母親不一樣。

我從來沒有聽說過她偷竊的流言。我走過去，撿起橡皮擦，對慌亂得近乎可憐的律子說：「優美子大概在書本那區。」

我不知道我這話是否能安慰她。律子的臉漲得比之前來我家道歉時更紅，表情從臉上消失了。

我心想，到此為止了。

我遞出手中的橡皮擦，律子別開視線，沒有看我，也沒有看橡皮擦。不是因為髒了，橡皮擦還包著塑膠膜，還可以賣。可是這已經是律子的東西了，我不能把它放回貨架上。

「不行的。」

「去付錢。」

我再也不能、也不想當作什麼事也沒發生過。如果現在目睹這一幕的不是我，而是成熟又溫柔、宛如天使的優美子，她會怎麼做？如果是優美子的母親或是我的母親……。

我把橡皮擦塞進杵在原地的律子掌心裡。

我實在無法釐清自己的情緒，然而心中確實有一股無法原諒的心情。

我找到優美子，說我要先回去。優美子嚇了一跳。我不知道律子要怎麼矇混過去，但我什麼都不想說。我不想再被扯進這件事裡了。

我不知道自己是怎麼回到家的。去的時候費了那麼大的勁，回程卻一眨眼就到家了。

我騎著腳踏車，臉頰迎著風，感覺悲傷，感覺難過，卻也一陣神清氣爽。我記得很清楚，有一瞬間我朝著眼前的太陽，舉起手掌嚷嚷著衝下坡道。

一直到畢業，我都沒有再和律子好好地說過話。雖然不到絕交，但確實是疏遠了，我再也沒有和律子及優美子三個人一起玩過。律子和幹也也沒有再到我家來。畢業成果展我加入了樹里她們那一組。律子和優美子的畢業作品做的是版畫，那天一起去書店買的圖畫紙和顏料最後都沒有用上。

律子和我們一起畢業。一直到最後，她都待在仁志野北小。

我以為國中她也會一起上公立學校，結果國小畢業成了一個段落，她和弟弟一起搬到其他學區了。聽說她在國中，又以一年為單位，年年不停地轉學。

沒有被報警的小偷。

只有在仁志野町沒鬧出大事地度過的三年，究竟算是什麼？我依然無法對此做出是好是壞的評價，只能說曾經有過這樣一段往事。

7

上了高中以後，我跟一個據說和律子念同一所國中的女生同班。她說她現在也跟律子很要好，偶爾還會碰面。

聽說律子跨學區去念其他鎮上的商校。我們為了準備考試，放學後也留下來念書，然後回家的路上，常在速食店前面看到一些女生跟男生一起玩鬧，就是那些制服的學校——我心想。

「律子應該會去東京吧。」

同學說。

「她好像常去東京玩，上次還說她上了雜誌的街頭時尚快照單元。她應該會去那邊的短大還是專門學校吧。長得可愛的女生真好。」

「這樣啊。」

同學所描述的，一樣頭髮長長的、注重打扮、喜歡唱歌的這些律子的特徵跟我所知道的一樣。聊到律子時，同學一次也沒提到過「小偷」這個字眼。

有一天，我在校門旁邊看到律子，不禁怔在了原地。

她看起來像是在等朋友，正拿著鑲有萊茵石的鏡子整理瀏海。烏黑亮麗的黑髮比記憶中的更長，她一個人穿著與眾不同的制服，引人注目，卻顯得落落大方。

小律——我差點忍不住叫出聲來。

可是那一瞬間，單方面決裂似地離開她的記憶在腦海中復甦，阻止了我就要跨出去的腳。心情變得複雜萬端。她在等的大概是我同學。律子如果知道她現在的朋友跟我有關係，應該不會覺得舒服。

回學校好了——我就要折回去的時候，律子從鏡中抬起頭來，我們四目相接了。

毫無心理準備地，彼此的嘴巴「啊」地張開了。即使如此，我應該還是可以背過身去的，然而注意到時，我卻已經叫出聲來了——「小律。」

我以為律子一定會困窘地低頭，或是像陌生人那樣點點頭。然而我料錯了。

她大大的眼睛表面微微地搖晃，「欸、呃……」，然後她為難地微笑。曖昧地，也像害臊地。

「等一下哦。」

她的視線在空中游移了幾秒鐘。

我發現她是想不起我的名字。她的頭求助似地歪向一邊，嘴唇或許是抹了唇膏，反射出淡紅色的光澤。

「妳是優美子的朋友對吧？」

一會兒後聽到的回答，那樣的說法讓我猜出她跟優美子大概還有連絡。我不知道該如何反應才好，懷著一種懸在半空的心情，用沙啞的聲音點點頭說：「嗯。」嘴唇好乾。

律子又說了起來：「以前妳跟樹里她們是好朋友對吧？好懷念喲。」

說著說著，我的同學來了。「讓妳久等了！」同學輕快地說，律子的臉一下子笑開：「怎麼那麼慢！」臨去的時候，她向我道別說再見，可是直到最後都沒有叫我的名字。

律子與她的朋友邊聊天邊離開了。她的背影看不出過去的緊張。我想起小學四年級她球賽請假的事，還有那時候苦惱萬分地緊繃的肩膀。

我覺得應該還有什麼事要告訴逐漸遠離的她，可是我發現我沒有什麼可以說的，用力咬緊了下脣。的確，我已經不再是她的朋友了。即使過去她就像對大人道歉那樣，嘴裡說著對不起，在我面前潸然淚下。

夏日，在如今已成空屋的律子家前面的水田嗅到的泥土氣味，忽然掠過鼻頭又消失。

石蕗南地區的縱火

1

「起火原因不明呢，神祕火災喲。」

早上才剛踏進辦公室，就聽見行政課長興奮的聲音。我克制住想要立刻把臉轉向那裡加入話題的衝動，行禮招呼說：「大家早。」不怎麼寬廣的辦公室右邊角落的會客沙發旁有一區用屏風隔開，熱水壺放在那裡以免被客人看到，而更換熱水壺的熱水，就是我每天早上的第一項工作。

「笙子，這裡是不是妳老家附近呀？」

我就要往茶水間走去的時候被叫住了。課長攤開的報紙，內容應該跟我今早看到的一樣吧。

「課長說值勤所的火災嗎？」

「對，電視也在播，可是消防隊居然失火，這可不是自砸招牌而已呢。而且起火原因還不明。笙子，我記得妳老家在石蕗町南邊對吧？大家都在討論是不是妳家附近呢。」

「不只是近，那個值勤所的神社就在我家正對面。」

「真的假的？」課長和幾名職員睜圓了眼睛，口氣變得擔憂。

「那妳一定很擔心妳媽媽吧？打電話問候過了嗎？」

「她先打電話來了。火勢好像相當猛烈。聽說我爸跟附近的人都去幫忙救火了，昨晚幾乎一整晚沒睡。」

「妳家沒事吧？萬一被波及，那可不是鬧著玩的。」

「我家沒事。不過從電話聽來，找媽似乎相當驚慌，所以我打算今天回家一趟看看。」

上班鈴聲還沒響，辦公室裡還不見局長和主管人員的人影。

「今天應該會去進行現場調查。」行政課長想了一下說。「等下跟出納課說一聲，災害慰問金一萬圓。請他們像平常那樣準備好現金。」

「好的。」

手一直提著昨天水沒喝完的水壺，瘦得要命。我來到走廊，絲襪一滑，涼鞋鞋跟敲出誇張的聲音。

短大一畢業，我就進入現在的職場，今年已經第十六年了。自從第十一年驚覺光陰流逝之迅速後，過去從沒意識過的年資和年齡，開始每年異樣鮮明地刻劃在腦袋裡。年資加上二十，就是我的年齡。

三十六歲。

這個職場的風氣老舊，短大出身的女生即使是正職員工，只要結了婚，也會被迫離職，而我現在還在這裡工作。

財團法人町村公共互助會地方分部。

全是漢字的一長串名稱，一開始我遲遲記不住。需要的文件只要蓋上橡皮章就行了，用不著手寫確認，也因為這樣，雖然是自己工作的職場，我卻到現在都還會一時忘記是「公共」在前面，還是「互助」在前面。

業務主要是町村持有的建築物及車輛、公共物件的保險事務。工作上面對的是在政府機關或町村公共設施工作的公務員。保險對象則是町村機關的辦公室、公立學校及設施，還有這些地方各自持有的公務車。以縣為單位設置的每一個地方分部，會在這些保險物遭逢災害及意外時支付互助金。

「笙子姐，早安。」

我在茶水間把剛煮滾的熱水倒進熱水壺的時候，後輩朋繪過來了。她是去年剛進來的臨時職員，年紀比我小了近十歲。健診一起量身高體重時，她的數字跟我一模一樣，我倆為此熱鬧了一陣，但我們體型完全不同，穿上同樣的制服，差異更是明顯。看到朋繪小巧的臉蛋，還有就像時下的年輕女孩在高高的位置苗條地收緊的腰部，我就忍不住疑惑起自己最近開始變得鬆垮的蝴蝶袖肉是不是黏錯地方了？

「早啊，小朋。」

「局長剛到，正在聊火災的事呢。聽說地點就在笙子姐的老家附近？」

「嗯。」

「課長好像打電話跟對方說現在要過去，笙子姐也要一起去嗎？」

「大概。我要跟去現場拍個照。」

「這樣呀，好好喲。可以被消防隊的年輕小夥子包圍，人家也好想去。」

「小朋。」

我責備似地瞪朋繪。

「可是，」她聳聳肩說。「笙子姐要當心點喲，妳很受男生歡迎嘛。還有，火災現場不是很臭嗎？最好在制服外面披件夾克喲。上次妳去現場，回來的時候不是也渾身沾滿了臭味嗎？」

「嗯。」

去年夏天，縣南端的村子托兒所發生小火災時，我第一次去了現場。遇上風災水災或惡作劇造成窗玻璃破損，申請互助金的時候，申請人幾乎都只要附上照片就行了，但火災就沒這麼簡單了。發放的互助金金額很大，名目上也需要調查，因此必須派職員過去。這裡幾乎每天都會收到來自町村的災害報告和申請文件，但火災一年只有一件左右。

上次的托兒所倉庫，是因為舉行煙火大會沒有妥當管理火源而引發火災。幸好沒有造成傷亡。

「這次的火災原因不明對吧？好可怕喲。」

朋繪接過我手中的熱水壺。「沒關係，我自己拿。」我婉拒道。「笙子姐快去準備啦。」但朋繪搖搖頭說。

「居然在消防隊的值勤所縱火，真諷刺。幸好沒人受傷呢。」

「還不一定就是縱火吧？」

「一定是縱火啦。起火原因不明的時候，九成九都是縱火。」

朋繪正經八百地一口咬定說，接著又說：「啊，這麼說來……」

「怎麼了？」

「笙子姐老家那邊，不是上次那群人的消防隊嗎？喏，今年年初被拖去參加的那場聯誼。」

「是啊。」

我一副這才想到的樣子點點頭。

「是有那麼一回事呢。」

「嗚哇，那我還是敬謝不敏好了。還是不羨慕的好。我好同情笙子姐喲。希望去聯誼的那些人不會去現場就好了。」

「沒事的啦。而且這是工作，沒辦法啊。」

我對抱住纖細的雙肩做出起雞皮疙瘩動作的朋繪苦笑。

「笙子，課長叫妳。說一小時後出發。」

辦公室的男職員來叫我，「好。」我趁機應聲，向朋繪微微點頭：「熱水壺就麻煩妳了。」

2

抵達現場剛下車的瞬間，全身就被火災的臭味給籠罩了。

那不是焦臭可以完全形容的。就好像吸進去的空氣在鼻腔裡面凝結成沉重的煤塊似的。我甚至有種錯覺，彷彿只是待在這裡，聽從朋繪的建議穿來的職場用外套表面就被染得又黑又髒。

雖然建築物的形狀還在，但從門口和窗戶看進去的內部一片漆黑，就好像成了完全的空洞。火源是平常團員聚會的二樓房間。消防車停在值勤所的神社外圍，似乎是暫時從一樓的車庫移開，有一半燒得焦黑。

掛在二樓窗戶旁的吊鐘就像被潑上了墨汁。從我在老家的房間可以看到的那個吊鐘，原本應該是深綠色的。以前我不曉得在深夜被它的鐘聲嚇醒過多少次。

「那是笙子的老家嗎？真的就在正對面呢。」

「是的。」

課長指的那棟房子，中間隔著狹窄的馬路，與現場相距不到十公尺。仰頭望去，可以看到我以前住的二樓房間窗戶。因為高度和團員出入的值勤所幾乎一樣，進入少女時期以後，我打開房間窗簾的次數便寥寥可數。即使如此，還是有一次，我從開了一條縫的窗簾間與經過二樓通道的一名團員四目相接。從此以後，我就下定決心不再看對面了。當時的我穿著睡衣。直至今日，我依然記得對方站在燦亮得近乎暴力的照明下，尷尬地別開臉去的那一瞬間。

我明白自己固然不想被人看見更衣的場面，但對方也不是愛看才看的。我的父母在祖父母家的土地蓋起這棟房子的時候，神社還很安靜，值勤所在別的地方。後來值勤所遷到這裡，從此以後我家周圍就變得吵鬧了。如果一開始就知道值勤所會遷來這裡，父母也不會把女兒的房間安排在那種位置吧。

「不好意思，我們是災害互助會的員工。」

「啊，好的，辛苦了。」

可能是事先知會過了，現場一個上了年紀的男人走近課長。幾個人就像聽到信號似地回頭看這裡，微微向我們點頭致意。

警方好像勘驗過現場了，但現場還有許多男人各忙各的。

「喂，那邊的私人物品裡面，如果知道是誰的東西就連絡一下吧！」

遠處傳來一道格外宏亮的聲音。回頭望去，黑底印有白色「南」字的短大衣背影頓時映入眼簾。

異於消防員的橘色作業服，穿著衣襬鑲著紅邊的短大衣的人，是當地的消防隊員。也就是使用這個值勤所的男人們，火源責任者。

不同於消防署的消防員是因為職業而出動滅火，消防隊主要是由當地的年輕人所組成的所謂義工。他們平時從事各種不同的行業，有事的時候便出動協助救火。他們也經常被請去支援當地清掃工作或祭典等活動，很大一部分算是居住在同一地區的男性成員聚會喝酒旅行的互助會。

住在老家的時候，沒有火災的日了，值勤所的二樓窗戶也多半是亮的。麻將牌攪動的刺耳聲響。下流沒品的大笑聲。還可以聽到有人的手機響了以後，走出室外的人對著或許是老婆的對象哀嘆：「他們還不肯放我回去。」聽說朋繪兼差的陪酒服務，每個月會有一次被找去消防隊的酒席陪酒。朋繪因為白天在政府相關機構上班，不知道何時會碰上認識的人，所以這種時候都會向上頭的媽媽桑說明，請假不去。

剛才那個男人對著疑似後輩的人拉大了嗓門說：

「開去那邊的消防車裡面有人檢查過了嗎？放在二樓的預備鑰匙呢？要好好收在一處管理，不要亂丟！」

「大林哥，可是那都已經燒焦不能用了。」

「問題不在那裡！」

男子以機敏幹練的聲音一一下達指示。

接到指示的一名團員注意到我們，微微行禮致意。踏入現場的女人只有我一個。年輕的團員訝異地看著格格不入的我，但只有指揮他們的年長男人近乎頑固地背對著我和課長，絕對不肯回頭。

我也別開臉去，不再看他。大林命令後輩整理現場的怒吼聲依舊持續著。

聽完負責人的說明，拍完照片以後，已經接近中午時分了。在巡視現場的時候，我好幾次望向老家。我期待母親會不會混在疑似來參觀火災現場的鄰近居民之中，但卻沒有看到她的人影。課長大概是注意到我的樣子，開口說了：

「已經中午了，妳回家去看看吧。我會自己隨便在附近找地方吃。一點過後，我們在車子那邊會合，然後回辦公室。如果妳擔心妳媽，下午請假也可以。」

「可以嗎？」

「都這麼晚了，而且照片也拍了，等下我會請對方提出申請，沒問題的。」

謝謝課長——我道謝以後，聽從課長的好意回家了。

一離開現場，暫時麻痺的鼻子又想起來似地聞到了沾在外套上的火災臭味。我脫下外套用力甩了幾下，想圖個安心，但感覺沒法拍掉臭味。

正好在吃午飯的母親依然激動不已。

她看到我回家，揚聲叫道：「哎呀，小笙！」然後用早上講電話時相同的興奮語氣說起昨晚的火災。

「總之那煙真是嚇死人了，還燒到神社的樹木去，森林居然沒燒起來，我真是難以相信。」

「聽說火源是二樓？」

雖然沒有實際去過，但香菸煙霧繚繞的室內沉迷於打麻將的眾男人模樣卻歷歷在目。即使有人亂丟菸蒂，引發火災也不奇怪。可是母親一口咬定說「是縱火」，身體哆嗦了幾下。

「聽說這幾天消防隊沒出動，沒有人進去值勤所。啊啊，實在是，我怕都怕死了，這樣是教人怎麼住得下去？最近好多可疑人士呢。居然放火燒消防隊，真是……」

「昨天那邊的團員怎麼樣了？他們沒辦法拿出滅火道具吧？」

我想起剛才看到的焦黑車庫和水管說。

「可是他們很拚喲。」母親答道。「他們用神社大水溝的水還有我們家的自來水，用傳水桶的方式拚命滅火。還哭著道歉說居然是消防隊的建築物起火，對不起大家。他們一定很不甘心吧。今天早上他們又上門來道歉了。看那樣子，應該是挨家挨戶地去道歉吧。」

「這樣啊。」

「好像還整晚沒睡，一直在收拾現場喲。」

我想起印著「南」字的短大衣。

我覺得身為今後也要居住在同一個地區的人，這是理所當然的禮數，但他們的應對似乎讓我的母親感受到了十足的誠意。

「他們也真可憐呢。」母親接著說。「道歉得最誠懇的啊，就是那個大林。」

母親一面幫我盛飯，一面若無其事地說。我沒有應話，默默地看著桌上母親做的佃煮❸和醃菜。老家隱約飄散著一股食物的味道，甜甜的。我直瞪著好似泡過醬油的舊餐桌花紋看，母親又說了：

「他在公家機關工作，又是消防隊裡年紀最大的，所以也特別自責吧。我覺得他人很不錯，小笙，妳覺得他怎麼樣？」

❸譯註：佃煮是將海鮮類加入砂糖與醬油等調味料燉煮而成的家常菜，因調味重而適合保存。

「……嗯。」

我故意幾乎聽不見地低應了一聲，看到母親把碗擱到我前面，便起身走去廚房：

「有味噌湯嗎？」

即使知道我來了，也絕對不肯回頭的大林的背影。然而指揮的聲音卻嘹亮得做作，精力十足。

我討厭那個人——這樣的感想現在依舊不變。對著擔心女兒身邊完全沒有男人影子的母親，雖然是含糊其詞地，卻洩露出大林曾經邀我去約會的事，這如今令我懊悔極了。那個時候我只是想要讓母親明白她的女兒做為一個女人還是有吸引力的。母親說要幫我找相親對象，我一時氣憤，才會說溜了嘴。

為了追求變化，三十歲一到，我就一個人搬出去住，父母至今仍對此不表贊同。每次回老家就被問：「妳還沒有對象嗎？」令我厭煩。「看看妳，一個人到了這把年紀，身邊每個朋友都有家庭了，看妳是要怎麼辦？」這種擔心我也快受夠了。就是因為他們這種態度，我才會搬出家裡，父母卻毫無自覺，讓我嫌惡。

我說出大林的事時，記得母親用一種還不賴的表情問：「妳說大林家那個在公家機關工作的兒子？」大林這個人怎麼恭維也稱不上是好男人。頭髮稀疏，嘴唇肥厚，從下巴到臉頰是一片刮過鬍子後的青色。雖然不胖，也不是骨瘦如柴，但全身的肉鬆鬆垮垮，即使隔著衣服，也看得出身材邋遢。

告訴母親後，得意也只持續了短短一瞬間。我感到一股自我作踐般的罪惡感，立刻結束了話題：「他一直死纏爛打的，討厭死了。」

每次母親想起來似地提起大林的名字，心的表面就像被砂紙推磨似地，變得一片粗糙。

明明應該半點都不覺得他吸引人，然而每當母親表現出在大林身上找到價值的態度，我就忍不住心猿意馬：我是不是做了什麼可惜的事？或許那個男人也還不錯嗎？明明絕對沒那種可能。然後，我覺得自己的價值每況愈下。

「對了。」

母親對從廚房回來的我說。

「妳爸之前的上司說要介紹對象給妳……可是小笙妳沒興趣對吧？」

可能是在提防女兒生氣，母親低調地開口說。她不等抬頭的我回話，匆匆接著說了：

「爸跟媽是覺得都可以啦，可是介紹的人說他以前看過妳，覺得妳很漂亮，才想幫妳介紹的。」

「我不要相親。」

身邊也有好幾個朋友是相親結婚的。可是她們都是從以前就跟戀愛完全無緣的那種類型，也不怎麼注重外表。而我從念書的時候就不斷地被身邊的人說「笙子超有男生緣的，真好」，也曾在社團被兩個受歡迎的學長爭奪。這樣的我居然相親結婚，連要請朋友來參加婚宴都覺得尷尬。

可是這時我聽到意想不到的話：

「那個人是註冊會計師喲。」

咦？我眨眨眼睛看母親。

「說是在鄰町幫忙叔叔開的事務所。雖然還年輕，但已經是副社長了呢。」

「還年輕？幾歲？」

「跟妳同年。」

「……這樣。」

「要看照片嗎？」

「有照片嗎？」

有啊——母親點點頭，假裝不怎麼起勁，匆匆離開餐桌去裡面的房間拿了。

我很明白跟事業有成的男人結婚會很辛苦。可是既然是註冊會計師，至少應該也是大學畢業，也不用擔心調單位。是長男還是次男呢？既然是在叔叔的事務所工作，那就不是老闆的直系親屬了吧。

是相親認識的這件事，只要婚事定下來了，要怎麼隱瞞都成。問題是照現在這樣下去，我永遠沒有機會認識男人。

3

跟大林一起去橫濱的事，我沒有告訴任何人，甚至連母親也是。

今年年初，在職場出入的石蕗町公所的職員邀我去聯誼，我沒辦法拒絕。

「有什麼關係嘛。反正都是單身，大家一起連絡連絡感情嘛。」

那厚臉皮的說法教人氣憤，但想到今後得在工作上繼續打交道，也不能太不給面子。我問朋繪要不要一起去，她說「可以呀」，然後又喃喃說「笙子姐太神經質了啦」。

「換成我就拒絕了。笙子姐是不是想太多啦？用不著那麼認真理他的嘛。」

「可是今後會在工作上碰到呀。」

我跟朋繪不一樣，是正職員工。只要待在這裡一天，不知何時又會因為什麼事與對方有接觸。我覺得不太高興，但如果朋繪拒絕，我就沒有其他人可以約去作伴了。

「不好意思，這次就好，可以陪我去嗎？要選哪間店呢？最好是盡量不會碰到認識的人的地方，妳知不知道哪裡有全包廂的店？還有，對方說兩邊的負責人要連絡，叫我告訴他手機號碼耶。」

「哎喲，告訴他職場用的電子信箱就好了啦。」

說著說著，朋繪的聲音露骨地變得不耐煩。「可是對方都告訴我們手機了。」我說，但她很冷淡：「不用理他啦。」我想要圓滑地應對，朋繪卻完全不肯為我著想，讓我一陣惱火。

朋繪常說我「很得男人歡心」。

「溫柔婉約，是公務員最想娶回家的候補No.1。」

起初聽到她這種說法時，我以為她是在抬舉我，但那其實大概是在貶低我，因為我看起來很乖巧，會任由男人擺布。別瞧不起人了。事實上我這人個性剛烈，也痛恨被人踩在腳底下。

沒辦法輕易拒絕別人的要求或邀約，是禮貌問題。我只是在非常普通的常識範圍內回應對方罷了。奇怪的是那些趁虛而入、不知禮貌的傢伙們。為什麼態度誠懇的我反而要被那些人搞到覺得吃虧呢？

大林的事是最極端的一個例子。

與石蕗町公所的酒宴，說什麼聯誼，根本是虛有其名，其實是他們的發洩大會。他們那邊是以單身年輕人為主的例行聚餐，我們等於是被找去作陪的客人。找我去的互助業務男負責人對於他找到女人來參加這件事顯得洋洋得意。

相對於我們只有兩個人，男人大概有十來個左右吧。每一個都是公家機關的員工，部門都不一樣。大林在他們當中是年紀最大的一個，任職於自來水課。

他今年三十八，才剛跟鎮上建設公司的女兒相親失敗。不過好像是大林這邊拒絕的。後輩說：「那個女生那麼可愛，拒絕不是太可惜了嗎？而且對方的父親好像很想促成這門親事呢。」

「別說傻話了。」大林這麼回道。「你以為我在建設課的時候被他們家關照過多少？而且他們家的哥哥是我同學，要是娶了關係那麼密切的人家的女兒，絕對要吃苦的。」

我內心禁不住訝異。我以為大林是個毫無魅力可言的窮酸男，原來他也不是完全沒有男女邂逅啊。只要後輩叫他，他便會開心地應聲，滔滔不絕地談論自己的工作和家庭。雖然不是社會一般價值觀中的好男人，但在這裡似乎是受人愛戴的存在。

也提到了消防隊的事。

或許是因為公家單位職員的立場，在場大半的人都隸屬於消防隊。今年的開工儀式怎麼樣、去年的旅行是第一次出國，去了韓國，當時喝過了頭，誰出了怎麼樣的糗……就像這樣，他們滑稽逗趣地接連談論自己人的話題。

「火災真的很可怕，千萬要小心啊。一把火就能燒光一切的。」

酒宴到中盤，大林說了很有消防隊風格的發言。

「像照片什麼的，連回憶都會被燒個精光，什麼都不留。」

「可是去年的現場找到戒指了呢。那真是不幸中的大幸。喏，就是河下游的老婆婆家。大林哥說要幫忙……」

「是啊，雖然費了好一番工夫。」

聽說獨居老婦的家付之一炬時，打火行動結束後，消防隊留了下來，眾人一起在現場幫忙尋找帶著老婦珍貴回憶的金戒指。當時是平日早上，他們甚至延後上班時間，陪著老婦尋找。找到戒指時，老婦放聲大哭，再三道謝。

「哇！真是感人！我好感動喲，你們真是太帥了！」

不曉得是不是兼差訓練出來的，朋繪老練地感嘆說。「也沒什麼啦，畢竟我們都認識那個老婆婆嘛。」這麼害臊微笑的年輕男人們看起來頗為得意。

大林在酒宴途中坐到我旁邊，問我家住哪裡、幾歲。這是個小鎮，就算隱瞞，也馬上就會曝光吧。我坦白說出老家就在消防隊值勤所對面，這似乎令他頓時感到親近。——我沒有說出因為值勤所就在對面，讓我度過了多麼難堪的少女時期，還有那也是我搬離老家的原因之一。

大林說他喜歡《浴火赤子情》這部電影。主角是消防員，故事描寫投身正義的男子漢們捨命追捕威脅小鎮和平的縱火犯。他熱烈地訴說他在學生時期看了這部片，心生憧憬，一直想加入那樣的硬漢集團。

反正沒有第二次了——我懷著這種想法效法朋繪，選擇會讓對方開心的話應和著。就算現在沒有直接的關係，或許哪天會在工作上碰到。而且老家就在附近，如果冷漠相待，萬一起磨擦就不好了。

大林亮出他的手機給我看，待機畫面是他家養的貓。「好可愛喲！」我說，他更開心地讓我看了好幾張照片。其實自從小時候被大型犬撲倒以後，不管是貓還是狗，我都很害怕。每次去室內養寵物的人家玩，那種動物的臭味總是令我毛骨悚然，我完全無法理解人怎麼能生活在那種臭味中。

我說我因為進了可以從老家通學的短大，所以從來沒有離開縣外，大林便說：「我大學念的是橫濱的學校。」他說他是新年的長距離接力賽跑中常聽到名字的某私立大學畢業的。

「橫濱嗎？真想去看看。」

我反射性地附和說。我很喜歡橫濱，念短大的時候，我和朋友不惜砸錢訂了還不錯的飯店，一起去參觀紅磚倉庫和外國人墓地。從移動的電車中看到的港未來站的摩天輪燈光浪漫極了，出現在都會之中的遊樂園燈光真是時髦洗練到了極點。

「那下次我們這群人一道去吧。我可以當導遊喲。我知道很多中華街好吃的餐廳。」

「真的嗎？一定喲！」

我回以社交辭令，沒想到大林立刻拿出手機，遞出趴睡貓咪的桌布畫面說：「告訴我手機號碼跟電子信箱。」我望向朋繪求救，但她跟別的男人聊得正開心，沒有看我這裡。一個穿作業服的男人正在為她倒啤酒。

「我的電子信箱很難記。」

「那妳知道怎麼紅外線傳輸嗎？」

「我知道怎麼接收，可是不會傳送。你可以教我，我再傳給你。」

我不想被人看到我們交換手機號碼的樣子。大家都喝醉了，對我們毫不關心，這對我而言是唯一的救贖。我從大林的手機接收了電話號碼和電子信箱，把手機收進皮包的時候，大林叮囑說：「一定要連絡喲。我等妳。」他還故意小小聲地、佯裝輕描淡寫地對我低喃，光是這樣，我就覺得被壓得疲憊萬分，沉重極了。

回程的車中，朋繪用爽脆的聲音說：「真無聊的聯誼。」「嗯，謝謝妳陪我來。」我微笑著道謝，其實好想找她商量。也就是不小心拿到大林的電子信箱，還有接下來非回信不可的事。

可是我不甘心又被她當成傻瓜看。每次被她批評我太認真、太軟弱，我就想回嘴說才不是那樣。我只是想要合宜適切地處理。我只是不想被人當成不知禮數的女人。今天喝酒的帳單全是男人付的。既然人家都請客了，我也不能不知感恩。

我想了篇冷漠又簡短的內容，好盡量讓對方看出我沒那個意思。因為好像會帶給對方希望，所以我不敢立刻回信，但其實我好想快點回信了結這件事，不過我還是等了三天才傳簡訊給大林。

『上次多謝你們招待。今後如果有機會在公事上碰面，還請多多關照。』

我沒有使用笑臉圖案，也不忘加入「公事」兩個字。我以為這樣就可以結束了，沒想到一下子就接到了回信。

『上次喝得超開心的。我們都是當地人，而且也都喜歡橫濱跟貓，共通點這麼多，真令人吃驚！下次要不要好好一起去吃頓飯？市內有家叫橡實屋的牛排館，很好吃喲。上次妳好像是開車去的，所以沒喝酒，但其實妳也能喝對吧？跟我說一聲的話，我可以開車去接妳。回程的時候車子再請人開就行了。自從取締酒駕變嚴格後，代客駕車就變得很便宜了。到我家大概只要三千圓而已，妳不用放在心上。』

拿手機的手脫力了。

看這樣子，又非得回信不可了。這人怎麼遲鈍成這樣啦？我憤恨地想，這次也隔了一天以上，寫了更簡短的回信：

『我每天都工作到很晚，沒辦法跟你去吃飯。對不起。』

『不用客氣啦！等妳有時間，什麼時候都可以，有空的當天也行，打電話給我吧。如果我正好在忙，會直接跟妳說的。週末的話有空嗎？我隨時可以帶妳參觀橫濱喲。』

還附了一張貓的照片。

底下鋪的毯子起了一堆毛球，沾滿貓的白毛，骯髒的細節看得一清二楚，令我無法直視。我闔上手機，心想這種內容的話，不用回信也行，便放下心來。

可是過了一陣子，明明我沒有連絡，對方卻又傳簡訊來了。又附了貓的照片。跟上次的照片不一樣。

『其實今天是我家小空的生日。小空是無人期盼下出生的小貓，我把牠撿回家的日子，牠不停地發著抖。今天應該也不會有人為牠慶生，不過如果妳願意，當妳今天有機會看到天空的時候，請對著天空對牠說聲「生日快樂」好嗎？我撿到牠的日子，也是像今天這樣的大好晴天。』

沒女人緣的男人們為什麼老愛寄些貓啊狗的照片呢？

女人只要看到小動物或小孩子，就非得無條件地稱讚「好可愛」嗎？我也不喜歡小孩。每次去結了婚的朋友家玩，看到在旁邊吵鬧的小孩就覺得煩死了。如果說出口，會被視為冷血心腸的傢伙受到責備，所以我絕對不會說出口，但其實我真的覺得很受不了。

大林寄來的簡訊後來也都是那個樣子。我不曉得多少次想要找朋繪商量。

我也想過完全不要回信算了，但邀我去聯誼的石蕗町的互助業務負責人現在頻繁地出入事務所。我不確定大林有沒有告訴他我的事，但我沒辦法完全忽視大林。因為大林說不定會在哪一天調到互助部門去，在公事上有往來。我就像最早邀請吃飯的信那樣，只對明確期待我回信的簡訊，回以最低限度的簡短內容。

在工作上犯錯，或是心情疲倦時，我也會非常偶爾地想起大林的臉。事實上，只見過一次的大林相貌平凡，即使試著去回想，印象也不是那麼清楚。有時候我也會好似懷抱著希望，要自己相信或許大林的相貌沒有那麼不堪入目。

我期待他邀我去橫濱的簡訊會因惰性而越來越低調，沒想到出乎預期，簡訊攻勢日趨強硬。我只是不想當一個沒禮貌的人，然而對方那種見縫插針、得寸進尺的態度幾乎快讓我崩潰了。

我會答應他的邀約，是因為我想把這沒完沒了的狀況做一個了結，還有想要再確定一次只有依稀印象的大林相貌，好好看清我和他今後究竟有沒有交往的可能。

4

看到在會合地點現身的大林，我已經開始後悔了。

「好久不見！」

舉手的動作很笨拙。身上的毛衣胸口不知為何大大地印著「Lemon」。不是任何品牌名稱，而是意義不明的英文單字。如果是全素面的或許還好，不過大林的長相跟第一次見面時比起來，不好也不壞。看到他的臉一眼，我登時全想了起來：沒錯，他就是這副模樣。

我們直接在橫濱車站會合。我謊稱前天我要先去橫濱找嫁去那裡的朋友。因為要和大林一起兜風那麼長的一段路，實在令人卻步，而且在平常活動的範圍內共同行動，不曉得會被誰看到。

「那我們走吧。」

才一見面，他就跨步走了出去。在簡訊裡話那麼多，實際見面，卻連正眼也不瞧我一眼。難得大好假日，為什麼我卻得轉搭電車大老遠跑來這種地方？看到大林那體態醜惡的窮酸背影，我忽然覺得自己遭到極不合理的對待，不曉得該往哪裡發洩這股怨氣才好。

大林好像是開車來橫濱的。他說他把車子停在出社會後每次來橫濱都會光顧的廉價停車場。

「那裡離市中心很遠，再回去開很麻煩，而且橫濱市內的話，搭電車跟公車比較方便。」

「這樣。」

住在鄉下，平常幾乎不會搭到公車。一想像大林這種一把年紀的男人抓著吊環在電車裡搖晃的景象，我覺得古怪到家了。不過跟他單獨兩個人兜風的畫面更令人抗拒。

前往中華街的電車因為是假日，十分擁擠。

「住在鄉下真的很麻煩。一過三十，連鄰居都要來管你的閒事。」

我和大林抓著吊環站在一起，大林逕自說了起來。

「我媽說是附近的老太婆老爺爺問的，說你們家的兒子既然在公家機關上班，腦袋應該也不差，卻一直沒結婚，是不是身體有什麼毛病？這事還傳了開來。真是的，開什麼玩笑嘛。鄉下就是這樣。」

大林笑著說，我曖昧地點頭應聲：「哦。」如果這是事實，我也不曉得被附近的街坊鄰居傳得有多難聽。一點都笑不出來。

「我們那裡的消防隊也是，幾乎每個都結婚了，要不然就是離過婚。從沒結過婚的就剩下我一個。以前大家都說我應該會第一個成家，世事真是難料呢。每次有人結婚就會辦婚宴或婚禮，然後由我們消防隊表演餘興節目，而我總是幫忙慶祝的那個。晚輩都吵著叫我快點讓他們祝賀，可是唯獨這檔子事啊……」

可能是隨著時間過去，大林找回了自己的步調，他開始變得饒舌。我敷衍地應和他那讓人聽了都覺得丟臉的大剌剌說詞。但是不管再怎麼後悔，今天一整天都非得和他度過不可。

「餘興節目都表演些什麼？」

「這在小姐面前不好說，不過有個叫新娘檢查的，這是消防隊才有的鬧場活動吧。就是評論新娘某某身材姣好、腰扭起來特別帶勁，新郎某某開起車來技術如何等等，續攤的時候，幾乎都是黃色笑話了。」

那歪笑的嘴巴讓我渾身爬滿雞皮疙瘩。鄉下男人的餘興節目都很沒水準，我在以前參加的各種婚宴中早就見識過了，實在不該特地再問。嘴上說什麼在小姐面前不好說，卻誇耀似地談論同伴之間的親密情狀，教人吃不消。或許他自以為是在展現幽默的一面。

挑人毛病也只會掃興，但我又沒辦法像朋繪那樣，興奮地嚷嚷著一起歡笑。我沉默不語，結果他終於道歉說：「啊，失禮了，抱歉抱歉。」但語氣輕浮，一點都感覺不出內疚的樣子。

一起站在擁擠的車廂裡，我看見大林從毛衣裡露出來的手背布滿了一層濃密的毛。在那麼近的距離，看到畫在上頭似的清楚皺紋及骯髒的皮膚，我覺得站在旁邊的自己淒慘極了。

途中的車站有人上下車，兩個女生站到我們身後。她們大概比朋繪年輕一些，學生樣貌、打扮入時，手裡抓著吊環，一個正用吸管吸著有星巴克圖案的飲料。

我漫不經心地看著熱中於聊天的她們，就要再次轉向另一邊時，大林突然動了起來。他在她們背後出聲說：

「同學，飲料可以拿好嗎？萬一潑出來就糟糕了。在車廂內飲食，就不跟妳們計較了。」

「什麼？」

我嚇了一跳，女生們更是吃驚。大林的鼻息粗重，聲音有些興奮沙啞。透明的塑膠杯裡，冰塊和液體加起來還不到一半高。

「啊，好。對不起……」

半晌後兩人應聲，但那聲音怎麼聽都不像是在反省，而是想要避免跟這個人扯上關係。大林滿意地點點頭，默默地離開她們身後，回到我旁邊，半帶嘆息地說：「我看到那種的就是沒辦法袖手旁觀。」

我覺得臉都要燒起來了。回頭一看，她們其中一個瞥了這裡一眼，皺起眉頭。我急忙垂下頭去。接下來不用看也知道。我甚至可以一清二楚地想像她們正一臉不快地交頭接耳：「才剩這麼一點點，最好是會潑出來。」

車廂裡的視線顯然集中在我們身上。大林不僅毫不介意，反倒是志得意滿，惺惺作態地向我轉移話題問：「對了，妳有什麼想去的地方嗎？」

我把肩膀縮得小小的，低垂著頭，不曉得第幾次被深切的後悔灼燒著：我怎麼會答應他的邀約？現在還是去程的電車，我卻已經超想回去了。好想快點抵達目的地。

下一站，又有人下車了。

「坐吧。」大林催促，在前面的座位坐下，原本跟我們背對背的女生也在對面座位坐下來了。因為太尷尬了，我又要垂下頭去，結果看到兩個男生走近她們。「啊。」我見狀更是無地自容了。因為車廂很擠，她們之前好像跟朋友分開站。

她們小聲對男友們說著什麼。我知道他們在看這裡。兩個男生個子高挺，姿勢端正，沒有鬍子也沒有皺紋、年輕漂亮的臉蛋正看著這裡。

我不知道旁邊的大林在想什麼。我再也沒有抬頭看前面。

在大林介紹的中華街餐廳一起吃過午飯後，我說：「我忽然有急事。」就算不自然也不管了，我一個人返回車站。我不記得我是怎麼擺脫想要追上來的大林的。

回家的電車裡，我窩囊地放下心想：幸好之前沒找朋繪商量大林的事。

隔天不出所料，大林傳簡訊來了。

『妳奶奶的病情還好嗎？她突然住院，妳一定很擔心。昨天真可惜，我還有很多地方想帶妳去。真的玩得很愉快，那邊除了肉包跟煎餃以外，乾燒蝦仁也……』

我看到一半就不看了，認真地思考要怎麼甩掉他。

我沒有回信，也換了手機門號跟電子信箱。我完全清醒了。我和大林之間就這樣斷了。

5

母親對火災仍心有餘悸，我告訴她今天下班我還會過來，下午先回去辦公室。

我再次披上夾克，走進現場的森林一看，大林不見了。取而代之的是剛才那兩個後輩，似乎被他交代了什麼事，正蹲在災後現場繼續工作。

課長還沒有回來。他是開辦公室的車去吃午飯了吧。

我站著發呆，看著以前經常在那裡玩的神社，結果聽見穿消防隊短大衣的一個向同伴低喃說：「我說，浴火赤子兄還不退休喲？」

我偷偷觀察他們的臉。聯誼時沒看到這兩個。他們戴著手套的手染得漆黑，正翻找著什麼東西，被攀談的那個揶揄似地笑道：「才不會哩。他可是把一切全奉獻在這上頭了呢。」

「拚過頭了啦。浴火赤子兄是單身貴族，除了這裡大概沒有別的歸屬，可是也希望他想想我們這些被拉來作陪的人啊。」

「而且像今天，他的工作咧？我們是自己開店的還沒關係，可是浴火赤子兄不是公務員嗎……？」

「聽說他請假。好像是白天過來，等晚上算加班的時間再回去工作。」

「真的假的！那加班費不是我們的稅金嗎？公務員可以這樣子嗎！」

「我看他反倒是對此引以為豪咧。還逢人誇耀他從早到晚辛勤工作，犧牲奉獻。」

「不愧是浴火赤子兄。」

我馬上就想到了。電影片名就是大林的綽號。

我明明應該可以跟他們一起訕笑的，卻窒息似地感到呼吸困難。我離開他們，站在據說昨天火災時從這裡汲水救火的神社大水溝。好久沒仔細看這條溝了，水位看起來確實減少了許多。

我父親以前也參加過消防隊。當時值勤所還不在這裡。每年到了年底，我都看到父親他們抽掉這條溝裡的水，進行清掃活動。他們的手被冰冷的水凍得通紅，口鼻吐出白色的呼吸，那模樣看了教人心疼，感覺辛苦極了。父親原本就不擅長與人交際，一過了可以退休的三十五歲，便立刻退出了消防隊。

「啊，辛苦了，浴火赤子兄！」

回頭一看，剛才的消防隊成員正在向回來的大林揮手。在眨著眼睛的我面前，大林洋洋得意地也向他們揮手，揚聲說：「噢，辛苦了！」

原來那不是在背地稱呼的綽號，而是當面這麼喊的。一想到大林甚至歡迎這個綽號，一股異於剛才的窒息感湧上心頭。大林的視線就這樣轉向我。我們對望了。

我微微行禮。

明明上午就發現我了，大林卻吃驚地點著頭「噢」了一聲，走了過來。那完全一如預期的態度，讓我打從心底失望透頂。他大概是在等我主動搭訕。

「笙子，妳怎麼會在這裡？好久不見了，妳好嗎？」

「我來進行公共建築物的災害調查……」

我一邊回答，立刻就發現這樣的對話毫無意義。

在初次認識的聯誼上，我就已經說明過自己的工作內容了。我還提到火災時我們會前往現場調查，制服在上次的火災現場染上濃濃的臭味，不得不拿去送洗的事，於是大林也用力點頭同意說：火災現場的臭味真的很特別呢。他不可能忘記。

忽然間，一個想法閃過腦海。

縱火的是不是就是大林？

消防隊的值勤所火災。不偏不倚發生在我家正對面的公共建築物的災害。

我想起那知名的江戶時代菜攤阿七的故事。阿七愛上寺院裡的小夥計，心想只要發生火災，就能逃進寺院裡避難，再次見到那個小夥計，因而縱火。這會不會是那個故事的劣化現代男版？

正因為如此，縱火的目標才會是公共的值勤所。為了在**自然**的狀態下與換了手機門號和電子信箱的我再會、為了讓我到這裡來。

背後一陣發涼，全身毛骨悚然。

大林好似享受著火災這種非常狀況，神采飛揚，用力拉正短大衣的衣襟。今天看不到底下應該俗到極點的便服。

「我沒想到還能再見到妳。」

矯揉造作地這麼說的聲音，我覺得是說給他身旁的後輩聽的。那種說法透露出淡淡的男女尷尬。明明實際上我們根本就沒什麼。我無法忍受背後那些團員興致勃勃的觀察視線。

課長的車子回到神社森林來了。大林似乎還有話要說，但我回絕說「告辭了」，快步走向車子。即使背對著，我也知道他的眼睛盯著我的背影和腳。被絲襪包裹的腳就好像被煤灰撫摸過一般，被隱含著一股刺人的恐怖力道緊緊綁住。

6

值勤所火災一個月後，大林被警方逮捕了。因為他在公民館的倉庫縱火。

現任消防隊員——而且是公務員這令人啞口無言的醜聞傳遍了鄰近街坊，還沒看到新聞，我就接到了母親的電話。

「我說妳啊，不得了啦。真是的，不敢相信，大林家的兒子居然會做出那種事。小笙，妳沒事吧？妳沒被他怎麼樣吧？」

「我沒事。」

我茫茫然地聽著母親擔憂的聲音。我曾經懷疑過。雖然沒有說出大林的名字，但我叮囑老家的父母千萬要小心火燭還有門窗，而且我也因為擔心，回家的次數增加了。同時我也開始覺得一個人獨居令人不安。

可是沒想到……。

我們的辦公室當然也鬧得沸沸揚揚。朋繪不用說，課長也在現場看過大林一次，更重要的是，被縱火的地點又是公共建築物的公民館。

「幹嘛偏偏要放火燒那種地方？」

在說出這樣的話的同事面前，我顫抖著，確信只有我一個人明白箇中理由。

根據報導，大林深夜在公民館的倉庫潑上汽油，正準備縱火的時候，被偶然聽見聲響的鄰近居民發現，逮個正著。這次的火災還沒有擴大就被撲滅了。大林也承認上個月的值勤所縱火是他幹的。

關於縱火的動機，他還沒有透露。

我心焦地聽著新聞報導。我害怕他不曉得什麼時候會說出我的名字，內心七上八下。萬一他說出來，報紙和電視會以嗜血八卦的態度大書特書這樁男版菜攤阿七的故事吧。他們會把它報導為一個傻男人因為過度思慕心愛的女人而犯下的愚蠢犯罪。

光是想像，我的胸口就被攪得一團亂。

媒體應該也會找上我。讓一把年紀的男人為之痴迷瘋狂的，究竟是個什麼樣的魔性女人?朋繪一定也會大吃一驚。因為她也參加了那場聯誼，卻只有我被古怪的男人單方面地愛上了。

想到這裡，我赫然驚覺。

——朋繪雖然會嚇一跳，但是如果她知道事情的真相，應該會對我刮目相看。

午休時間，我們面對面吃著便當，我忍不住抬頭說了：

「小朋，那新聞妳怎麼看?」

問的時候，胸口緊張得怦怦亂跳。

「我嚇死囉!」朋繪睜著大大的眼睛看我說。「大林不是那時候擺出一副前輩架子，自吹自擂的傢伙嗎?坐在笙子姐旁邊那個。」

「其實後來他一直約我，死纏爛打……。因為是妳，我才跟妳說的喲。」

「真的假的!?笙子姐，妳告訴他手機喲?」

「不是，我只告訴他職場的電子信箱，沒告訴他手機。他都透過互助業務負責人找我。」

大林因為中意我，透過町公所的互助業務人員傳話給我，想像一下，這說法頗有真實性。儘管不想被知道我們用手機互傳簡訊，還有我跟他一起去了橫濱的事，但又不想再把大林的事深藏在我一個人的心裡。

「我一直沒有回覆他，結果上次在值勤所火災的現場碰到時，他跟我打招呼說好久不見。」

「哎喲好討厭，他是要幹嘛啊？」

朋繪睜大了眼睛。我接著說：

「他甚至請了假去清理火災現場。」

「值勤所不是就在笙子姐老家對面嗎？……好可怕，簡直就像跟蹤狂嘛。欸，難道他縱火的理由……」

朋繪赫然一驚似地正襟危坐。我急忙搖頭：

「不曉得。真的不曉得是怎樣，所以小朋，妳也不要亂講話喲。」

「可是那傢伙知道笙子姐的工作，而且第二次縱火的地點也是公共建築物不是嗎？

他一定是為了想見笙子姐才縱火的啦。嗚哇！噁心死了！笙子姐，妳怎麼不早一點跟我說嘛？」

「因為我很怕嘛……」

「妳最好去跟警方說。」朋繪說。「我再想想。」我搖搖頭。就算放著不管，大林遲早也會自白吧。

我想起母親的事。

我沒有叮嚀母親別多嘴，或許她現在正在向鄰居說起我的事，說那個縱火案的犯人是為了我女兒才縱火的。我甚至可以歷歷在目地想像出聽到這話的鄰居表情。

可是就在這個時候——。

「嗚哇，換成是我絕對討厭死了，丟死人了。」

「咦？」

「我可以了解妳不敢說的心情。要是被人知道自己跟那種男人有過什麼，噁，我都不要活了。」

「什麼有過什麼……我不是說我們沒什麼了嗎？」

我明明好好地解釋了，朋繪卻只聽進自己想聽的，教人氣惱。「有嗎？」可是朋繪卻歪著頭否定。「可是絕對不想被人家知道呢。」她又說。

「那場聯誼之後我聽人說，大林那個人真的是超一廂情願的，被人取了個怪綽號還沾沾自喜，明明沒什麼的事情也拿來炫耀個老半天，沒發現晚輩都是在給他面子呢。我朋友也覺得他煩死了。」

「朋友？」

她說的朋友是誰？朋繪「啊」了一聲，像是懊悔不小心說溜嘴。「那個時候町公所的。」她說。

「誰？哪一個？」

「笙子姐知道是哪一個嗎？穿作業服直接過來的，頭髮有點長的那個。我跟他交換連絡方法，後來一起去吃了幾次飯，沒想到他人還不錯喲。上次我們還帶自己的朋友一起去南方溪谷釣魚。我說我只釣過鱸魚，結果被他笑，我就叫他帶我去。」

「結果是這樣啊。」

「咦？」

「我還以為妳沒興趣。妳之前不是說那場聯誼有夠無聊嗎？」

心底陣陣翻攪。我完全沒發現朋繪在那時候跟別人交換手機號碼。當時看起來大同小異的那群男人當中，朋繪居然找到了想要繼續發展關係的出眾對象嗎？只因為對方穿著作業服，我就連對方的臉也沒仔細看，真是錯了。手心漸漸冒出汗來。

「你們去釣魚，怎麼沒告訴我？」

「可是笙子姐不是討厭比妳小的嗎？」

嘴角抽搐，我再也說不出話來。同時剛才的興奮就像退潮似地，我冷不防清醒了。

沒什麼。我跟大林根本沒什麼，但世上大部分的人都只會像朋繪那樣，隨便聽聽就算了。明明是對方一廂情願地追求我，我卻會被當成跟他**有過什麼**嗎？

一想起大林毛髮密布的手，背上一陣毛骨悚然。

我怎麼會把這件事告訴朋繪？我陷入強烈的後悔中。我好想現在立刻打電話回老家，阻止母親把我跟大林的事說出去。朋繪也是，難保她不會告訴別人。

上次母親說的跟註冊會計師相親的事，照片上的對象身材微胖，而且老得一點都不像跟我同年，所以我也沒跟人家見面就拒絕了，但今後爸媽一定還會繼續幫我找對象。

到時候萬一被人家誤會我跟大林有什麼，那可不是鬧著玩的。不僅如此，或許今後根本連相親的機會都沒了。

臉頰熱了起來。

我明明什麼也沒做，卻感到無地自容。

回家的路上，我在超商買下所有報導了大林縱火案的報紙。每一份報紙都還沒有提到動機。內容跟今早的新聞一樣。大林什麼時候會說出來？什麼時候，跟那個男人明明毫無瓜葛的我會變成眾所矚目的焦點？

我幾乎要發瘋了。

我讀著每一份完全沒提到動機的報紙，甚至希望他乾脆快點說出來算了。

我想起大林不肯回頭看我的短大衣背影。

明明是他自己要喜歡上我的，怎麼可以不要臉到這種地步？為什麼要把我耍得團團轉？專挑公共建築物下手，還縱火燒了兩棟。

隔天早報刊出了大林縱火的動機。

〈我想要充英雄〉

石蕗南地區消防隊團員因縱火焚燒消防隊設施及石蕗町公民館等無人建築物嫌疑被捕一案，搜查人員於十五日透露，身為同町公所自來水課職員的嫌犯大林勇氣（三十八歲）在縣警的偵訊中自白「我想要充英雄」。

大林嫌犯並表示「只要發生火災，我們就能出動，可以為當地做出貢獻，受到感謝。我不想害人受傷，所以選擇了沒有人居住的建築物。」

報導中完全沒有提到我，也沒有提到他一廂情願的愛情。

我一次又一次重讀，卻看不出半點蛛絲馬跡。沒有任何地方透露出我的存在。我愣住了，然後感到一股強烈的怒意。

我揉起報紙，狠狠地砸向旁邊的牆壁。搞屁啊！——我罵道。

事到如今居然想當作沒這回事嗎？

打牆壁的手晚了一拍才感覺到麻痺。我不甘心極了，掉下淚來。那不是為了我而做的嗎？我丟開手中皺巴巴的報紙。或許大林這次說的想要充英雄的動機只是表面話，今後也許還可能提到我。或許那個一頭熱的傢伙是想要包庇我，免得我被媒體騷擾。可是鋒頭過去以後才說出來的動機，就沒有一開始的衝擊性了。它將會失去衝擊性，只留下讓我受傷的結果。明明想要讓事情果斷地了結，我卻無法擺脫今後可能會被他提起的懼怕，就這樣被拋了下來。

今天去職場，或許朋繪會說：「原來大林的動機跟笙子姐沒關係呀。」那個沒神經的女生可能會直接跟我說到這種地步。那樣的話，我只要淡淡的、貫徹我成熟的態度說：「好像是呢，我也嚇了一跳。」然後從此以後絕口不提那傢伙的事。

為什麼？我咬緊牙關。

為什麼？為什麼我只能遇到那種貨色？當時明明就有讓朋繪想要跟他一起去釣魚的像樣男人，為何我卻遇不到那樣的對象？今後究竟要怎麼樣才能邂逅那樣的對象？我完全無法想像，一籌莫展。

啊啊，丟死人了。太倒楣了。我嘆了口氣。

美彌谷社區的逃亡者

我不撒謊　下定決心　去撒謊

——相田光男

1

「美衣，起床了，早上了。」

陽次的聲音在頭上響起，我想回話，卻被強烈的睡意攫住，身體使不上力。

「嗯。」喉嚨深處擠出聲音來。我聽見窗簾打開的聲音。溫暖的光灑在睡眼惺忪的臉上，閉著的眼瞼內側染上了橘色。我用右手拂著臉，微微睜眼，陽光像針般刺進眼裡，一陣痠痛。彷彿罩在眼球上的眼屎融化，我流下淚來。

「現在幾點？」

「剛過十一點。」

昨天陽次確定過的退房時間應該是十一點。

對我來說，旅館就是跟陽次一起去的愛情賓館。而且平常都是休息兩小時就離開，從來沒有過夜。母親禁止我外宿。

「超過時間了耶。」

得付延時費。付錢的是陽次，但付不需要付的錢太吃虧了。我舉起手臂，躺在床上伸懶腰這麼說，在浴室洗臉臺洗臉的陽次應道：「囉嗦啦。」

今晚也會住在這裡嗎？

昨天陽次問我想不想去海邊？我說想。他問想去哪裡的海邊，我說湘南。因為聽到海，我當下想得到的地名就只有湘南。可是陽次瞧不起人似地笑了，明明是他問的，卻不理會我的要求。他說以前打工的地方有個愛擺前輩架子的傢伙，每次去唱卡拉ＯＫ老是點南方之星，而且唱腔還有點模仿，聽了真教人火冒三丈。湘南會讓人聯想到那傢伙唱的歌，所以很討厭。

在車站小賣店買來的「千葉・房總」地區《RURUBU》旅遊雜誌就這樣攤放在粉紅色的沙發上。

「今天下海游泳吧。難得都來了。」
「又沒帶泳衣。」
「我買給妳。附近應該有賣吧。」
「真的嗎？」
「嗯。」
浴室傳來不停地轉開水龍頭又關上的聲音。我撐起身體一看，陽介正在刮鬍子。
我在壓出皺褶的床單上俯視著自己的服裝。橘色小可愛和白色熱褲，脫放在床下的涼鞋右鞋跟磨損，走起路來很不舒服。我毫無準備就被帶出來了，陽次卻做好了旅行的準備嗎？他是怎麼刮鬍子的？從前天開始，我就連內衣褲都沒換。
我聽著陽次弄出來的水聲好半晌。有股小腹被按住的壓迫感。我突然感到坐立不安，似乎就要思考起好多事情來。陽次一不在，時間一下子空出來，我就只能無所事事地發呆。所以我要自己什麼都別去想。
我想玩手機，可是手機丟在家裡。
過了二十歲以後，我和高中以前的朋友便大半都疏遠了。雖然一時想不到想傳簡訊的對象，不過我跟小百合借的傑尼斯CD還沒有還給她。如果不快點還，她一定會恨我的。她說她要在演唱會以前把所有的曲子重聽一遍才甘心。

「妳可以用浴室了。」

陽次用浴巾擦著臉，走了出來。上半身赤裸，瀏海有一半都溼了。雖然清瘦，但因為沒有肌肉，蒼白的胸膛看起來軟弱無力。

記憶中我第一次看到的「男人」裸體，是國中男生。在體育課更衣時看見那些比小學要成長了一些、處在兒童與青年之間的裸體時，我心中一陣詫異。至於身邊的裸體記憶，大概是在母親娘家看到的外公吧。父親在我進托兒所的時候就和母親離了婚，我沒有記憶。外公的話，我從以前就常看到他脫掉淡粉紅色襯衣，只穿著短襯褲的模樣。陽次的裸體比起班上的男同學，更接近今年六十八歲的外公。

都來到這麼遠的地方了，夏季的溽暑卻是依舊。

在《RURUBU》旅遊誌上看到的大海照片，看起來跟很久以前和母親一起去的鈴鹿海邊，或去年和陽次一起去的熊野差不多。可是踏出車站以後，街道的氣味和人的種類明顯異於過去我所知道的海。低頻擴音器發出重低音，好幾輛貼了玻璃防晒隔熱紙的車子頂部載著衝浪板駛過旁邊。這裡不是當地的居民會攜家帶眷來玩水的海邊，而是讓年輕人揮灑青春的海濱小鎮。浪潮的氣味不知是否因為心理作用，也顯得乾燥輕盈。感覺一片明朗。

哈啾——我打了個噴嚏。

飯店的小房間裡開著冷氣。陽次總是這樣。不管是卡拉OK包廂還是飯店，我都說冷了，他卻老說「我很熱」，把冷氣開到最強，就算拜託他，他也甚至不肯稍微調高溫度。

和陽次擦身而過走進浴室時，他突然玩鬧似地把我的頭摟過去，說：「我愛妳。」

「嗯。」我點點頭。

以前我們兩個都沒有錢旅行，我一直覺得我和陽次永遠不可能去度假勝地。和他，那是奢想。所以我才想要分手，也覺得應該分手。坦白說，我沒想到我們又會在一起。

陽次笑了。開懷地。

洗臉臺放著一支廉價T字剃刀，比我平常拿來刮腋毛的百圓商店的剃刀更小，塑膠的材質看起來也更輕更廉價。旁邊掉了一個撕破的白色塑膠袋，上面印有旅館的名字。

我們在離開旅館進入的麥當勞打開《RURUBU》，找到海灘導覽的標題處。

「什麼嘛，海灘離這裡很遠喲？沒車子去不了嘛。」

陽次不滿地噘起嘴巴。

房總、九十九里濱這些地名我聽過，但昨天才知道那些地方在千葉縣。我不太了解關東的地理。「欸，湘南在哪一縣？」我問。「啊？」陽次不高興地抬頭。「妳連這都不曉得喲？」他輕蔑地說。可是看他就這樣沒再說下去，翻開《RURUBU》繼續看，我知道其實他也不曉得。我換了個問題。

「欸，南方之星是湘南人嗎？」

「桑田佳祐是茅崎人吧？」

陽次用吸管長長地吸了一口點來的可樂，手搧著薄襯衫的胸襟部分。襯衫上沾著疑似食物殘渣的汙垢。陽次就這樣用那隻手抓起照燒漢堡吃起來。

我把手中的漢堡放回盤子，用手巾擦手，拿起《RURUBU》。

來這裡的電車中，陽次說有很多歌手在這裡的海邊拍宣傳片。他得意洋洋地說這裡離東京很近，所以很方便。

「我想去這裡。」

我指著介紹文說可以在用餐時欣賞海景的咖啡廳。看起來很涼爽的店內，老闆娘正對著鏡頭微笑著。照片有使用有機蔬菜製作的咖哩、當地捕獲的魩仔魚做的丼料理，餐具很別緻。介紹中說店家特製的環保袋很受歡迎。

陽次探出身體問：「哪裡？」他看了我指的照片，喃喃說：「看起來不錯嘛。」他把整本《RURUBU》扯過去，看了一會兒，低聲說：「可是很遠耶。隨便啦。」

「對不起。」

我道歉。

「沒關係啦。」

然後他開心地，用異樣成熟的語氣聳肩說：「反正我已經習慣妳的任性了。」自己的照燒漢堡還丟在盤上，他卻抓起我的漢堡啃起來。點來的東西兩個人分，這是我們之間理所當然的默契。陽次不喜歡兩個人點一樣的東西。如果他想點的東西被別人先點了，他就會近乎露骨地不高興，或誇張地驚叫，有這樣孩子氣的一面。

「妳也吃我的照燒嘛。」

「不用了。照燒會滴汁，美乃滋又很油。」

「喔。」

我望向窗外。麥當勞已經來到不想來了，但店門口開著沒見過的紅花，感覺好似來到了南方島嶼。

「我說啊。」陽次開口。

「什麼？」

「妳不會胖啊。不用在意啦。不管別人說什麼，我就是喜歡這樣的妳。我說妳可愛就是可愛，這樣就很夠了吧？」

不看我的眼睛，急匆匆地說完的口氣一瞬間讓我不曉得他在說什麼。晚了一拍我才發現他是在介意剛才的照燒漢堡。陽次還是不看我。

「沒事啦。」我答道。

計程車開了一會兒，來到大海附近。行人變多，車速變慢了。

我們一直默默無語。與窗外流過的景色並行，左方蔚藍的海面璀璨地反射著陽光。上半身赤裸的衝浪客一手抓著衝浪板，成群結隊走在一起。與車子擦身而過的女生也是，上半身都是泳衣，露出許多肌膚。看到她們晒成小麥色的纖細脖子和肩膀，還有褪了色的長髮，我突然對自己甚至沒有好好更衣的模樣感到丟臉極了，把膝頭緊緊地合攏起來。

她們的歡笑聲經過窗外。我忽然想起一件事，把視線從景色轉開，呼喚陽次：

「欸。」我們交往了兩年，母親的事，和朋友之間的煩惱都和陽次聊過不少，但這件事應該是我第一次提起。

「你記得殭屍嗎？」

「殭屍？哦，好懷念。」

這種的對吧？——陽次擺出正經臉孔，雙手抬向前方，坐著半蹲，做出微微彈跳的動作。對對對——我點點頭。就是頭戴圓帽，額頭貼著符咒的中國殭屍。

「小學的時候我們班上流行殭屍遊戲，大家都會在下課或放學的時候玩，遊戲裡面分成人類跟殭屍，所以只有一小部分的人可以當人。大家都不想當殭屍，請示扮主角恬恬的人說：『我可以當人嗎？』」

「恬恬？」

「主角的名字啊。」

恬恬是個年紀跟我們差不多的女生。女主角是小女生的殭屍片異於大人的戀愛劇，令我們感覺親近和新鮮。「你不記得嗎？」我輕瞪了陽次一眼，又說「算了，沒關係」。

「……那時候我扮的是恬恬。」

我撒了謊。

可是既然是往事，隨我愛怎麼說都行。我不是殭屍而是人，而且是主角。在陽次面前，我希望是這樣的。

「哦。」

「然後我把來請示我的同學一一指派成人類或殭屍，現在想想，真的滿殘忍的。每次當人的都是那幾個，班上比較不起眼、沒特色的同學就叫他們當殭屍。那些同學真的很可憐，會被當人的同學毫不留情地拿棒子追打。」

為什麼即使如此，我還是想要加入其中呢？為了討好當恬恬的榮美，我誇讚她的東西和髮型，是有幾次承蒙她指派當人了，但從隔天開始，我還是得繼續回去當殭屍，就是這樣的每一天。

陽次只是跟剛才一樣「哦」了一聲。

「最糟糕的是，我一點都不明白那樣哪裡殘忍，小學畢業的時候，大家交換簽名簿，我被班上一個叫榮美的女生寫說『雖然我一直是殭屍，可是很開心！』我真是震驚極了。那個女生把簽名簿還給我的時候雖然一臉不在乎，可是我一直都是當恬恬，完全沒有想過被指派當殭屍的同學是什麼心情，所以回家以後，我在媽媽面前哇哇大哭，說我怎麼會做出那麼壞的事。」

「嗯。」

「我想跟那樣寫的同學道歉，可是又覺得很尷尬，拉不下臉，不曉得該怎麼辦，為這件事哭了好久。……可是我媽只說，榮美跟美衣，一個是『EMI』，一個是『MIE』，名字那麼像，卻相差那麼多，真是不可思議。」

只有媽媽說的這一段是真的。我想要報復，卯足了勁在簽名簿寫下的那段文章，卻沒能得到當恬恬的榮美任何回應，我氣得大哭。

「哦。」

陽次沒什麼興趣地點點頭。他扶著副駕駛座，把身子探向前問：「司機，海灘不就這一帶了嗎？還沒到嗎？」我聽出他的聲音有點不耐煩。

可能是因為熱，他神經質地撩起瀏海。剛才離開麥當勞以後，為了招計程車而走了一小段路去車站，額頭就已經冒出薄薄的一層汗了。

明明這樣剛剛好啊。我垂下頭去，祈禱陽次不會叫司機把冷氣開得更強。

大家都是自己開車來海邊的吧。我們的計程車在海岸邊慢吞吞地前進，顯得可笑，在馬路上醒目極了。

2

我和陽次是透過手機的近鄰網認識的。那算是一種交友網站，但因為把居住的地區畫分得極端詳細，所以可以確實地見到住在附近的人。如果只能認識住得太遠的人，而且對方不是自己喜歡的類型，見面的瞬間，先前的郵件及電話連絡都會變得空虛無比。我經驗過好幾次，學到了教訓，發現如果要認真找男友，住在附近，可以直接見面，如果不中意就立刻找下一個，這樣更有效率多了。從此以後，我就只使用這個近鄰網。

高中的時候，在街上巧遇的小百合說「妳變了」。當時我和國小國中都是朋友的敦子走在一起，皮膚在日晒沙龍晒得黑黑的，而且化了妝。我們去參加國道旁連鎖豬排丼店的打工面試，正在回家的路上。

小百合從以前功課就很好，所以國中參加考試進了私校。「小百合真是個**好孩子**，了不起。」母親說。「美衣，妳以後也要跟那樣的孩子當好朋友，而不是跟現在那種狐群狗黨鬼混。」

我們三個人原本就很要好，小學畢業旅行也是同一組，在合照裡面顯得親密無間。可是高中的時候重逢，興奮地直接跑去拍了大頭貼，上面的我們居住的世界卻完全不同了。小百合的打扮很樸素，都已經放學了，卻不把裙襬往上拉，還戴著眼鏡，一板一眼，簡直土死了。

「小學的時候我們一起玩過殭屍遊戲對吧？」

我想聊聊回憶而這麼說，敦子和小百合卻裝傻說：「有嗎？」這也難怪。每次都被逼著當殭屍的女生裡面，當過人類的就只有我一個。她們兩個都堅持不記得，但那一定是騙人的。她們是不想承認。對話變得有一搭沒一搭。

豬排丼的面試我被刷下了，但一起參加的敦子卻被錄取了。敦子從以前就很胖，身高跟我一樣，可是體重跟衣服尺寸都完全不同。我穿S號，敦子不是穿L就是LL。化妝也是我比較厲害。要是我被錄取，敦子被刷下，那還能理解。不管是廚房門口還是店門口，那寬度足夠讓敦子穿過去嗎？我在家邊吃晚飯邊這樣罵著，母親莫名其妙地生氣說：「誰叫妳那樣濃妝豔抹的？」還說「妳沒有那個年紀該有的清潔感」。

敦子破處那一天，開開心心地跑來我家報告。「我剛從打工前輩的家回來。」半乾的頭髮、疑似從髮梢飄來的潤絲精香味，噁心得教人想撇開頭去。她愛上打工前輩的事，我之前就已經不曉得聽過多少次了。我也聽說她向對方告白，對方說沒意思交往，但只有肉體關係的話就行。

今天經過什麼樣的過程發展成那樣、他說了什麼、摸了哪裡、對她做了哪些事。看著敦子得意地談論初體驗的模樣，我火冒三丈。先前她拿給我看過許多次的大頭貼，還有實際在店裡看到的那個男人，說好聽也稱不上帥。一副花花大少、愛玩女人的模樣，但也就這樣罷了。我一點都不羨慕。可是敦子這麼說了：「美衣也快點嘛。」

以前我也跟在交友網站認識的對象見過好幾次面。全都是年紀比我大的男人，我們一起去唱卡拉ＯＫ，喝茶，讓對方請客，四處遊玩。有時候也會叫敦子那些朋友一起來，可是我和男人兩個人見面的場面被班上同學目擊，傳成「美衣好像有年紀比我們大的男朋友」、「她好受歡迎」、「她有男人」，真是爽極了。

我從來沒上過旅館，但被敦子的炫耀刺激，當天就跟在網站認識的男人上了旅館。

就像聽說的那樣，第一次做愛很痛，費了一番工夫，對方雖然也是硬上的，但還是忍耐著做到最後。一想到這下子就可以向敦子炫耀回去，內心的不爽也一下子煙消霧散了。

後來我找來小百合，把自己破處的事，包括氣憤敦子炫耀的事情都告訴了她，小百合睜圓眼睛嚇呆了。她狀似害怕地應道：「這樣喲。」

後來過了三年，我和陽次認識了。是我高中畢業，有一搭沒一搭地打著零工時，在近鄰交友網認識的。

『每份工作都做不久，我真是沒用……。我每天都像這樣反省。』

我在自介文裡添了這麼一行，他回道：『我也是這樣。』

我也是這樣，意思是他可能沒工作？這樣好嗎？我納悶著，但心想先電郵交往看看好了，便開始連絡。對方的自介欄寫著二十六歲。

『搞不好我真的很差勁。上次我也說過，我跟我媽處不好。我很感謝我媽，可是老是跟她吵架，還說了很多傷人的話，埋怨說為什麼妳不肯了解我……』

『我喜歡的詩人寫過這樣一句話：「幸福永遠是由自己的心來決定。」看到這句話時，我淚流不止。因為我發現我一直在勉強自己。希望美衣妳也能有所感悟。』

收到這封信時，我的心好像被射穿了。手機按鍵上的指頭停了好半晌，我甚至沒辦法立刻回信。

幸福永遠是由自己的心來決定。

我一直懷疑或許我是個不幸的人，但基準是由誰來決定的？原來如此，也可以是自己決定的。只要我決定我現在是幸福的，就沒有任何人能夠置喙。或許我就能更虛心一些了。

我用顫抖的手指，花了很久的時間認真地回信。

『謝謝你。我超感動的。從以前到現在，不管是電郵還是電話，你都是第一個送我詩句的人！那個詩人是誰？我還想知道更多。』

『我把書借妳。那今天送妳這一句。「有時邂逅會澈底顛覆一個人的人生／願你有段美滿的邂逅」。那個對象不是我也沒關係，祝福美衣的人生裡能充滿美好的邂逅。』

相田光男這名詩人，就是陽次告訴我的。

我們當天就去了旅館，他借給我的詩集，封面都翻得皺巴巴了。看來他讀了很多遍。

濱崎步也很尊敬他——聽到這話，我恍然大悟。陽次會知道相田光男，好像就是因為濱崎步。

詩集裡有好多好棒的詩，讀著讀著，我也跟著哭了。

我們聽說附近的百貨公司展場有相田光男展，便一起去看。那特色十足、強勁有力的手寫文字令我感動不已。看著那些文字與詩句，一直自我否定的心情也自然而然地化為平靜。

陽次告訴我有個網站可以下載相田的詩當手機待機畫面，我下載了好幾首喜歡的詩。

我把特別展上買來的日曆帶回家，送給母親。「妳照顧我的恩情，總有一天我一定會回報，讓妳好好享福。」我說完之後，哇一聲哭了出來。母親一頁一頁翻著日曆上三百六十五天的詩，唸出聲來。我覺得我的心情透過詩句傳達給母親，開心極了。

「美衣終於也懂得這些東西的好了。」母親哽咽地說著，從此以後，每天早上第一個掀開客廳的日曆，就成了母親的例行公事。

3

海邊的餐廳店名叫「維納斯」。

玻璃牆上貼的圖案是藍色的，用大大的片假名寫上店名「維納斯」。不是用英文，這很有當地小店的特色。看到維用的是「ヴィ」（Ve），我覺得意外。是「ウィ」加上濁音而成的「ヴィ」。顧收銀臺的是個大嬸，但店名不是用老式的「ビ」（Be），這讓我覺得佩服。像我母親就無法理解「ヴ」。她看到我貼在房間的自己畫的圖或簡訊裡寫的「ラヴ」（LOVE），還會問「為什麼那樣寫？」❹

「我想要內衣褲。」我說，陽次氣我說為什麼不在旅館或車站附近就說。還說那附近的話就有超市。

我們買了帽子、長袖連帽外套、T恤和裙子、泳衣。還買了一件可以直接套上去穿的薄料小可愛洋裝。在店裡繞了一圈，也沒看到內衣褲，陽次說「妳去問店員有沒有」，但我怕丟臉，說「算了」。

會買帽子，是因為即使隔著計程車車窗，射進來的陽光也很強，我覺得這樣下去會晒黑。防晒霜也買了SPF數字最高的放進籃子裡。

寬簷帽很有度假勝地風味，是女影星會戴的那種，我第一次載。我在鏡前試戴了一下，驚人地適合我的頭形。帽簷直蓋到眉毛，眼睛若隱若現的角度好像影星。我從來不曉得原來自己這麼適合這種帽子。

兩千圓的連帽外套、一千五百圓的洋裝等等，即使每一樣單價都很便宜，全部買起來林林總總也花了一萬八千九百圓。「阿姨，可以刷卡嗎？」陽次問。平常可能很少人刷卡付帳，阿姨應著「可以可以」，朝店裡喚道：「喂，米原！」一會兒後，一個穿夏威夷衫的青年過來替阿姨結帳。

陽次不是從錢包，而是從工作褲的口袋掏出信用卡。店員要求簽名時，陽次對我說

❹譯註：母音「ウ」濁音化而成的「ヴ」，是日本近代才出現的表記方法，表日語發音中沒有的「V」音，一般用在外來語上。在過去，「V」音在日文中都是以「ブ」（音BU）來表示。

「妳簽」，我嚇了一跳回看他。

遞出來的簽帳單上用羅馬拼音印刷著信用卡主人的名字。

『MARIKO ASANUMA』。

他什麼時候拿出來的？

「快簽。」

陽次冷淡的聲音接著說。我不知道他是故意的，還是什麼也沒想。

我望向在收銀機前堆積如山的衣服。帽子已經請店裡的人剪掉標籤，戴在我頭上了。買的幾乎都是我的東西，陽次的只有千圓的夏威夷衫和不到兩千圓的泳褲。

我簽下名字。

淺沼真理子

離開店裡，前往沙灘的途中，陽次「啊」地一叫。

「不好，忘了買毛巾。」

他掉頭折回店裡。我沒有追上去。我聽著浪濤聲和陌生人吵鬧的聲音。海邊的擴音器在播放濱崎步和放浪兄弟的曲子。明明那麼近，卻像透過電視機觀看一樣，聽起來好遠。與大海只有一路之隔，這一側卻安靜極了。

陽次回來了，抱著兩條毛巾說著「久等了」。他跑得很急，差點就要摔跤。看來這次不是刷卡，而是付現買的。我心想浴巾很貴，但沒有說話，接下其中一條。

4

陽次的束縛開始變本加厲時，我心想：「咦？我也碰到了嗎？」

如果我檢查手機簡訊、還是明明和他交往卻又逛交友網站、或是沒有照他說的時間打電話，就會挨揍，我覺得這樣不太妙，但一開始也只是這樣而已。

像敦子，那個時候甚至還說要和跟蹤她的男人結婚。從豬排丼店的前輩開始，敦子與形形色色的男人歷經曖昧不明的關係，不斷地被拋棄之後，在交友網站認識了一個對她來說是理想的男朋友。

現在想想，或許我們是覺得好玩，才故意用了「跟蹤狂」這種激烈的字眼。敦子的那個男朋友，才剛交往就掌握了敦子的全部行蹤，對她糾纏不清，就算提出分手，也不斷地傳簡訊來，還在她家玄關門把淋上「禮物」。我們都被那個人的行徑嚇壞了，叫他

「跟蹤狂」，但敦子嘴上說著「好討厭」，但對方為她做到這種地步，她內心或許歡喜極了。

我只見過敦子的男朋友一次。那個人瘦到連旁人看了都覺得不安，臉色蒼白無比，一副隨時可能斷氣的樣子。他說他從事造園業，但看起來實在不可能勝任勞力工作，所以或許是騙人的。小百合指出他的眼鏡髒了，他說「我不想在敦子以外的人面前摘下眼鏡」，詭異地笑了。我覺得萬一他們結婚，敦子可能永遠無法離開家門，便跟小百合商量，每次見到敦子都設法勸她打消念頭。

「我也想過要分手，但畢竟我曾經喜歡過他。」但敦子完全不退讓。「而且我覺得再也不會有人比他更愛我了。」

人家是跟蹤狂，那當然啦——小百合嘲諷地笑，但敦子似乎覺得她是在打趣，「呵呵」地一副幸福小女人模樣。她的體重比在豬排丼店打工時更增加許多，現在我實在不曉得一般的店裡有沒有賣她尺寸的衣服。

我想起「幸福永遠是由自己的心來決定」。

開始打工以後，因為見面的時間減少，陽次把我的下巴骨頭都踢出聲音來了。那是在社區的花圃前，陽次穿著氣墊運動鞋。原來橡膠鞋底和氣墊對於被踹的一方來說，一點減壓效果都沒有。

我被踢得牙齒搖晃還流了血，每次出門看到滲進自己血跡的地面，都覺得不可思議極了。有一天我跟陽次約在那裡，陽次在地上畫出拋物線似地咻咻踢腿，就像在模仿放浪兄弟的舞蹈動作。他好像已經忘記那個地方的汙漬是我的血了。

「我看妳不用多久就會沒命了。」

小百合一臉嚴肅地說。我只能說不管我提出分手多少次，陽次都不肯接受，而且他也知道我家住哪裡。最近陽次每天都到家門口來接我。還叫我跟他一起住。

陽次或許是個特別的人。從認識的時候我就一直這麼覺得，所以我不太想和他分手。和他聊天很開心，而且他這麼愛我，也有許多可靠的地方。每天在同一個時刻出現的陽次就像精準的機器一樣，母親似乎也開始察覺有點不對勁了。我覺得與其讓母親擔心，離開家跟陽次同居也不錯——我這麼說，結果小百合板起了臉孔。小百合從來沒有交過男朋友。她一直在追傑尼斯，總是亮出喜歡的偶像照片皺眉說：「真搞不懂美衣跟敦子，那些醜男人哪裡好了？」

「不要跟他同居啦。敦子的男朋友還不會動手動腳，但妳那個男朋友分明就是個家暴男啊。」

我反駁說陽次也有許多優點，「不行不行，我沒辦法。」小百合冷漠無情地搖頭否定。我心裡罵著「妳這種貨色陽次才要謝謝再連絡哩」，但說出來小百合就太可憐了，所以我還是沒有說出口。之前我讓他們見面時，陽次暗地裡給小百合取了個綽號叫「本壘板眼鏡女」。高中再會以後，我雖然偶爾會像這樣跟小百合碰面，但她會用裝大人的口氣說話，我覺得實在是拿她沒辦法，用一種比平常更成熟的心態聽聽就算了，沒跟她計較。

「遭到大家反對，幫他說好話，漸漸地就會意氣用事起來，這是常聽到的情況呀。這世上的男人又不是只有他一個。」

踢我打我之後，陽次把我留在車裡，跑去便利超商買冰塊，哭著向我道歉，還幫我冰敷。我說出這件事，小百合卻也用一句「那是常有的事」帶過。

「要擺脫他就趁現在。」

我會認真想和陽次分手，不是因為暴力，也不是因為母親在社區大門被他吼：「死老太婆！把美衣交出來！」哭著回家。我能下定決心，是因為我好像快要交到新的男友了。是在認識陽次的那個網站找到的，大我五歲，我們斷斷續續地信件連絡，感覺越來越不錯。我想見他，但被陽次監視著，根本不可能見面。小百合說的沒錯，世上不是只有陽次一個男人。一想到我也可以和其他男人重來一次剛和陽次交往時的快樂時光，便怦然心動不已。

我告訴母親我想和陽次分手，但他不肯，還有他對我的暴力行為，母親瞪大了眼睛嚇呆了。「讓我看看！」她想確認我的傷勢。萬一不能證明他打我打得有多凶就尷尬了，所以我祈禱著瘀傷等傷痕還留得一清二楚，但烏青的顏色已經沒有最嚴重時那麼深，很多地方都消失了。我覺得好可惜。即使如此，母親還是撫摸著即將轉成黃色的痕跡，拉著我的手說：「我們去報警。」這次換我嚇了一跳，搖頭說：「不用啦。」怎麼會說什麼報警？我又不想把事情鬧大。

可是母親堅持地點頭說：

「妳是個乖孩子，那個人如果哭著求妳，叫妳原諒，妳一定會原諒他對吧？妳真的有自信不再回去他身邊嗎？媽媽來保護妳。平常人或許不會做到這種地步，但我就是要使出那麼誇張的手段，讓他知道美衣的媽媽有多可怕，不敢再靠近妳。」

快點快點。當機立斷。母親催促說。

什麼當雞立蛋啊？我心裡納悶，在警局趁著負責人出現之前問道，母親在身上的護士值班表背面寫下這句成語，告訴我字怎麼寫。

說明情況時，母親捲起我前後的衣服，連胸罩下面都露出來了。被陌生的叔叔直盯著看，我覺得很丟臉，可是心想他們看到我這種年輕女孩的腰，應該會覺得很幸運，又覺得愉快了些。

「他每天都在同樣的時間守在樓下，如果我女兒不出去，他就在社區門口大吼，附近的住戶也都對我們指指點點。明明怪的不是我們，是那個人啊。」

跟蹤狂、暴力、糾纏。

看著母親在警局淚流滿面地向陌生的大人傾訴，我忍不住想要為陽次說話。母親每天珍惜地翻開的相田光男的日曆是陽次買的。他是喜歡這種東西的純真男孩，還告訴我好多好多的詩句。

瞬間心頭湧上一股悲哀，我掉下淚來。如果陽次和剛在交友網站認識的那個人，都只有好的部分屬於我就好了。我們已經交往了兩年，一想到陽次今後會跟我以外的女人交往，我就突然覺得好嫉妒。這有什麼辦法？人就是這樣嘛。

母親發現我在哭，摟住我的肩膀說「真可憐」。警察也點點頭。這是第一次有外表正經的陌生大人這麼認真聽我說話，讓我的心在不同於愛慕陽介的部分獲得了滿足。

警察要我填寫文件，我看到上面「報案單」三個字，覺得這次非痛下覺悟不可了。再這樣下去，我什麼選擇都沒了。我被迫選擇陽次，或是與今後可能認識的其他男友共度的未來和全部。

陽次，再見了。

我從報案單最上面的姓名欄開始填寫。

淺沼美衣

5

在沙灘的簡易淋浴間沖過澡出來，卻不見陽次的人影。

明明說好二十分鐘後要在這個招牌前見面的。「我十分鐘就好了，可是美衣是女生，想要沖久一點吧？」是陽次這樣決定時間的。

我為了不遲到，匆匆換了衣服跑出來，陽次卻已經離開了嗎？他去了哪裡呢？真傷腦筋。我沒有錢，在這裡也沒有認識的人。我只有陽次。

四點過後，沙灘上的人一下子減少了。擴音器還繼續播放的音樂也失去了中午時的氣力。

我在變得蕭條的沙灘附近東張西望，尋找熟悉的身影，結果在馬路另一頭發現疑似陽次的背影。他在「維納斯」旁邊的建築物前抱著手臂，臉貼在櫥窗上站著。他換上了新買的夏威夷衫。

「陽次！」

我鬆了一口氣跑過去。陽次在看的是一家房仲商的櫥窗。他在看介紹物件隔局的廣告單。

店裡亮著微妙的陰暗燈光，看不出有沒有在營業。裡面坐著一個頭髮半禿的老頭子。他注意到我們，微微點頭，起身就要走過來。看來是有在營業。

我們只是看看，老闆卻跑來招呼。服飾店也是，我很討厭來自店員的壓力，忍不住想逃，但陽次非常鎮定。他問我：

「喂，美衣，妳喜歡溫泉嗎？」

「咦？」

「妳看這裡是不是很便宜？這裡的話，我們應該住得起。」

上面貼著寫有「度假公寓」的海報。紙被晒得脆黃，貼在窗上的膠帶也褪成了褐色。展示著大理石玄關和時尚家具的室內照旁邊寫著「各房皆附溫泉」。

「兩位在找什麼？」

房仲商的老頭子從店裡走了出來。

「今天只是看看而已，不過我們不久後還會再來。兩個人住的話，單房應該就行了吧？」

「情侶嗎？那應該沒問題。年輕的時候感情好到不行嘛。」

「是啊。」

我只在海邊待了半天，而且還抹了防晒，背部卻陣陣刺痛。好像海水的鹽分滲進皮膚，痛死了。

我沒有穿內褲。因為我不想要都沖過澡了，又穿上髒內褲。熱褲底下涼颼颼的。

「要不要進去裡面看得更仔細一點？」大叔邀道，陽介曖昧地回絕。打開的店門裡面飄出帶著海潮味道的某種辛香料氣味。

「我們要住在這裡嗎？」

我想起來這裡的途中在東京換車的事。我覺得不算太遠。如果住在這一帶，或許可以常常去東京玩。

走出去以後我問，結果陽次轉頭看著我的臉反問：「妳不想嗎？」

「不會呀。」

我搖搖頭，戴上剛買的寬簷帽。兩個人默默無語地從海灘的一頭走到另一頭。夕陽落入海裡的景象非常美麗。

忽然間，我想起小學的同學榮美。和我完全相反，但名字相像的榮美。她現在怎麼了？我聽說她在外縣市工作，一定是名古屋或大阪，而不是像這裡的東京附近。

她一定完全沒把指派我們當殭屍的事情放在心上。連簽名本有沒有看都很難說。如果她哭著悔過，我還能把她當好孩子看。我想脫離當殭屍的同學圈子，也想要比榮美和敦子搶先一步經歷更棒的世界。不管是在男人方面，還是跟男人做的次數跟內容，我都比她們厲害多了。

榮美，妳來過這麼遠的海邊嗎？妳住過度假公寓嗎？

我都說我想去《RURUBU》介紹的咖啡廳了，陽次卻隨便找了家飯館走進去。「我們不去咖啡廳嗎？」我不抱希望地問，陽次應道：「我餓了。」

入口豎著「拉麵」、「關東煮」的紅色立旗，看到這些的瞬間，我真是失望透了。

感覺是觀光客跟當地人都會去的店。有看得到廚房的吧臺座，裡面還有要脫鞋子上去的座位區，桌上就這麼丟著沾了油垢的《少年MAGAZINE》漫畫雜誌。

頭頂傳來電視聲。抬頭一看，門口附近的天花板近處有塊類似神龕的地方，擺了一部圓型的小電視，正在播放每星期我都會看的猜謎節目。我也不是特別喜歡，但每星期這天的這個時間，就只有這個節目可看。

看到節目，我才知道今天是星期四。我好久沒看電視了，覺得懷念極了，平常都是開著電視，邊打簡訊或做別的事，現在視線卻像被吸住了似地緊盯著畫面看。

「我要味噌拉麵，妳呢？」

被帶去桌位後，陽次立刻坐下，看著牆上的菜單說。

「我要咖哩。」

「都在屋子裡了，帽子還不拿下來，沒家教。」

陽次那高高在上的口氣讓我惱火，但我乖乖拿下了帽子。在莫名其妙的地方計較教養，中規中矩。陽次就是這樣。

大嬸送水來的時候我們點了餐，兩人漫不經心地聊了一會兒電視的話題。我指著螢幕上的女人說「那個人絕對有整型」，陽次覺得好笑地點頭同意：「對啊，絕對有。真是糟糕呢，聽任經紀公司擺布，言聽計從地去整什麼型，以後可想而知。那傢伙的演藝生涯也不長了。」

我覺得電視的聲音有點大。拉麵先送來了。筷子不是衛生筷，而是像吉野家那樣，從筷箱拿的那種。陽次看到這種的，都會高興地說：「真環保，很有心呢。」

我看見一個男人走進店裡，對大嬸說了什麼。

男人看著我這裡，和我對望了。我覺得好像看到男人在眼中注入了類似力道的東西。我心頭一驚，卻不知道為什麼吃驚。瞬間，我做出的反應是把手伸向帽子。我今天第一次發現適合我的帽子。我就像要守住它似地，把手蓋在上面。

陽次注意到，看我說：「怎麼了？」下一瞬間怒吼響起：「柏木！」

是陽次的姓氏。

男人們湧入飯館時，陽次怔住，我則按著帽子。我不知道總共有幾個人。一個男人喊道：你逃不掉了！

拉麵才剛送來，在眼前冒著蒸氣，散發出味噌的香味。

我按著帽子發抖。

放開我！住手！陽次大吼大叫，但身體被按住，前後左右被魁梧的男人包圍，聲音也跟著像呼吸被剝奪似地越來越小。陽次揮著手，翻轉過來的拳頭擊中一個人的臉。「叩」的一聲，被揍的男人臉色驟變。

陽次又試圖掙脫逃跑。大概想丟下我，自己一個人逃。

「……妳是淺沼美衣吧？」

後來進來的男人抓住我的手臂，用喘息的聲音說。他的手毫不客氣地摘掉我的帽子。「是的。」乾透了的脣間自然地吐出聲音。

殺人嫌疑、

柏木、

嫌犯落網、

逮捕、

你逃不掉了。

嘈雜之中，我的耳朵捕捉到「殺人」兩個字，陷入絕望。媽媽果然還是沒能得救。

那一天我正在洗澡。

我在洗頭髮的時候突然聽到一聲巨響和尖叫，嚇了一大跳，打開浴室的門叫：「媽？」但尖叫和聲響仍持續著。

「美衣！」有人叫我。

我滿頭都是泡沫，沒辦法立刻出去。我急忙沖掉泡沫，光著身體跑過短短的走廊進入客廳。水滴從身體滴落地上，從頭髮飛濺到周圍。

地板上，母親身體前屈，以祈禱的姿勢跪地，肚子底下流出血來。我瞪大了眼睛。母親按著側腹部，身體鮮紅得難以置信。我驚嚇得比電視劇還要誇張。因為電視劇裡的血沒有這麼多。

菜刀就掉在母親身旁。刀刃的表面反射出光線，近乎刺眼，血就像油似地化在上頭，光亮閃爍。

陽次站在那裡。

我聽到母親以細微的聲音呻吟著。她還有呼吸。

陽次面無表情地俯視著我母親。他肩膀上下起伏，猛烈地喘息。我看見他的手臂隨著呼吸猛烈地上下顫抖，上面沾滿了血。

陽次的眼睛從母親身上移開，頭一次望向我。這是我們兩星期以來第一次見面。我的背冰冷地挺直，水滴仍不停地從頭髮滴下。

「我說妳啊……」

陽次發出來的聲音意外地沉著。他看我，瞇起眼睛，不高興地說了：

「至少也該穿個內褲吧？」

我全身赤裸。吞口水的時候，沉重的聲音甚至傳進耳朵和腦袋深處。

我心想得快點穿上內褲。頭髮還溼著，只洗了洗髮精，還沒有潤絲，身體也沒擦乾，但我先穿上了內褲。

陽次在翻母親的皮包。母親已經一動也不動了。

「美衣，沒事了，妳已經安全了。」

我呆呆地看著在眼前被捕的陽次，被抓住的肩膀一次又一次地被搖晃。一想到有人會保護我，我頓時渾身虛脫，抓住扶著我的男人手臂。一想到可以回去社區，一想到母親已經不在了，淚水奪眶而出。

「我好怕。」

我喃喃說。

「我好怕。真的好怕。」

芹葉大學的夢想與殺人

通緝犯推落女子？

五日清晨六點二十分左右，警方接獲民眾報案，有一女子倒臥在岩手縣盛岡市內的愛情賓館停車場。女子為群馬縣高崎市一所私立高中的美術教師二木未玖（二十五歲），警方研判應是由賓館的緊急逃生梯摔落。二木面部骨折，意識昏迷，傷勢嚴重。據報案的管理員表示，曾聽到疑似現場的逃生梯傳來男女激烈爭吵的聲音，此外二木的脖子也有被用力掐住的傷痕。與她一起的男子應是傷人後直接逃逸。

上個月二十五日，芹葉大學的工學院教授坂下元一（當時五十七歲）被發現陳屍於校內，嫌犯羽根木雄大（二十五歲）因棄屍嫌疑遭到通緝，傷者二木就是嫌犯羽根木的前女友。岩手縣警方認為二木的墜樓事件可能與嫌犯羽根木有關，正展開追查。

案發前日，二木以身體不適為由從任職的高中早退之後，便一直無法連絡上。

1

聽到坂下老師遇害的消息，我立刻懷疑是你幹的。

一旦懷疑，就怕到連一步也動彈不得了。我勉強站起來，到廚房用玻璃杯裝水，水的表面激烈地搖晃。我雙腿一彎，頹然坐在冰冷的地板上。住一起的母親擔心地問我怎麼了，我只說「突然頭暈」。

大學時代有段時期那樣頻繁見面、親近的坂下老師，為何我會彷彿看著無關之人的事情一樣，透過老家的電視機看到他的死訊？感覺不可思議又古怪，可是我不知道還能再怎麼樣更進一步接近案情，猶豫著要不要連絡以前的研究室同伴，這時手機震動起來。

我好不安，怕是你打來的。

是矢島傳簡訊來了，我看到畫面上她的名字，鬆了一口氣，也好似一陣失落。

坂下老師被人發現陳屍在工學院研究大樓的研究室裡。我腦中浮現學生時代多次前往商量畢業出路和畢業課題的那個地方，但聽說我們畢業以後，研究大樓改建了，研究室也遷到別的地方了。

所以我無從想像，但新聞說老師的遺體頭部和面部遭到毆打，腹部被踢踹，脖子被掐住，然後屍體被塞進研究室裡老師用來存放捲得細細長長的製圖表的置物櫃裡。

隔天教授沒來上課，學生們很擔心，和教務部的職員一起進入研究室，發現了老師面目全非的遺體。

置物櫃的遺體前方蓋了一張圖畫紙，就像拉上一塊薄薄的簾子。

是想要隱藏屍體吧。面對一動也不動的屍體，凶手不知如何是好，想要至少拿什麼東西來遮掩住。儘管毫無意義，但凶手或許覺得這樣做，多少有助於掩飾狀況。

我能想像得出來。如果那真的是你幹的話。我能一清二楚地想像，就彷彿命案發生時我也在現場——甚至錯覺我也在場一起幫你。

不可能，不可能吧。我想要說服自己，卻沒有勇氣打電話或傳簡訊給你。

遺體發現幾天後，你的名字在新聞中以嫌犯身分被報導出來。你沒有回去獨居的公寓，也沒有回老家，檢警認為你逃亡了。

那個時候，矢島那些研究室的同學，還有當時認識的朋友也跟我連絡了。

「妳還好嗎？妳總不會還在跟他交往吧？」

「羽根木居然還在大學，嚇我一跳。怎麼回事啊？」

我沒有跟他交往，我沒有跟他交往——我回答。

我們不可能交往過。

警方來找我，說他可能會連絡我，我的臉不由自主地浮現苦笑。他才不會來找我，他們在胡說些什麼啊？

「如果他要連絡，也一定是連絡老家的父母或姐姐，總之他會去投靠的，是他的家人。」

回答的時候，胸口痛得連自己都嚇了一跳，這唐突的痛幾乎讓我掉下淚來。

我聽你述說夢想，也聽你抱怨。我縱容過你。可是我的角色只演到這裡，你一定連有過我這個人都給忘了吧。對你而言，特別的只有你自己和你的家人。我即使一直伴在你身旁，也是算不上數的、可有可無的存在。

矢島在電話另一頭放心地說：「太好了，既然你們早就分了，我就放心了。」瞬間，雞皮疙瘩爬了滿脖子。

你被通緝後第三天，我的手機接到一通來自公共電話的來電。

「未玖。」

聲音很軟弱。那種軟弱搔弄著我的耳朵。

我應該覺得萬一你真的連絡就傷腦筋了，然而被你呼喚名字的瞬間，喜悅和懷念等種種感情湧上心頭，壓垮了喉嚨，把我的眼頭灼熱地融化了。

「對不起。我怎麼樣都想在最後見妳一面……」

「你現在在哪裡？」

我壓低聲音問。

除了見他，我完全沒有想過還有其他選項。總有辦法的，總有辦法的，總有辦法的。萬一被人看到，就說我打算勸他向警方投案就行了。去見他，其他的全部接下來再想就是了。我滿腦子都是該用什麼藉口向公司請假。

2

我有夢想，正朝著夢想具體行動，似乎有望在未來實現——在研究室的第一場聚餐時，我就這麼告訴眾人。

大學二年級的我渾身上下全是夢想，是個不管見到任何人，都只能拿來與自己和我的夢想——插畫放在一起談論，來估量價值的孩子。

芹葉大學工學院設計工學系的學生一上二年級，就會被分配到各個老師的研究室。我們坂下研究室有十個男生，三個女生，總共十三人。

雄大主動找我攀談，是第一次聚餐過了快半年的時候。

「二木，妳對自己很有自信對吧？」

被那雙帶灰的沉穩瞳眸注視的瞬間，我失聲無語。

研究室成員聚餐時常去的那家店位在住商大樓的三樓，可以出去頂樓。每當厭倦了老是談論一成不變話題的聚餐氣氛時，我經常會一個人去頂樓抽菸。

「自信？」

「我聽說妳在做職業插畫工作。」

的確，我曾經在雜誌的連載單元畫過半年的插圖。第一次聚餐時我說出這件事，每個人都同聲稱讚「好厲害」，但很快就沒興趣了。我現在很後悔說出這件事。

那是因為我高中的同學剛好在出版社打工，透過這樣的關係，我才能爭取到那份工作。自己的插圖出現在知名女性雜誌讓我高興極了，把大家央求「讓我們看看」的客套話當真，把雜誌帶到研究室去。雜誌的發行月份當時就已經不是最新一期，而是過期了快半年，讓我覺得丟臉極了。每次回想起自己當時志得意滿地炫耀的模樣，我就感到懊悔，覺得大家內心一定對這樣就自詡為職業插畫家的我訕笑不已。後來就算我向出版社毛遂自薦，或是架設網站徵求案子，下一份工作也完全沒著落。

頂樓只有雄大和我兩個人。印有店名的薄毛巾就像運動會的萬國旗般成排晾在夜空下。

「曾經實現過夢想的人，今後不管做什麼，都能明確地擁有去實現的願景對吧？我也有夢想，所以我想聽聽像妳這樣成功過的人的意見。」

我把挾著香菸的手拿開脣邊仰望他。雄大的反應異於至今我在大學遇到的任何一個人。

「羽根木，你的夢想是什麼？」

雄大默默地把還剩下一半以上的菸揉熄在菸灰缸邊緣。對他而言，他的夢想就是那麼重大，無法輕易說出口吧。隔了段十足的空檔後，他小聲回答：

「我想當醫生。設計工學本來是我的第二志願，可是一進大學，我就在考慮要重考醫學系了。明年我就要休學重考。」

天空散布著淡淡的星光。他看著我，展顏微笑。

「我連我爸媽都還沒說。妳是第一個。」

衝動跳過好幾個階段，突然直擊我的胸口。

我不要他休學。我不要他離開我身邊。明明我們今天才差不多是第一次說話，我是怎麼了？儘管這麼想，我卻克制不住那股情愫。

我以前就一直覺得他長得很漂亮。

雄大不是引人注意的類型，話也不多，在研究室的男生裡面，總顯得有些格格不入。我以外的女生也都說他「怪怪的」。

「仔細看是長得滿帥的，可是跟他兩個人獨處，實在不曉得能聊什麼。」

可是她們一定也都在意過雄大，否則根本沒必要像這樣事前牽制。

雄大纖細白皙的臉孔就像人工雕塑出來的藝術品，端整清洌。帶灰的瞳孔、鷹鉤鼻的線條看起來有點不像日本人。雖然不會散發出眾的存在感，但一旦意識到，就無法移開視線，雄大就是具備這種危險的魅力。不論喜不喜歡，眼睛自然就會追著他跑。漂亮的容貌就是這樣的。

雄大說想看我的畫，我們下次約在他家附近的咖啡廳見面。不同於大部分學生都在大學附近租屋，他的住處位在一站以外的靜謐住宅區。

我遞出檔案夾，他放在桌上翻著。他的視線在我的畫上移動時，我覺得比被職業編輯批評時更要緊張好幾倍。

「我的夢想是有一天要出版繪本。」

檔案裡有幾頁是簡單濃縮繪本故事而畫的意象插圖。

「這樣。」

雄大靜靜地闔上最後一頁。

「希望妳的夢想能實現。」

雖然不是敷衍，對我的插圖卻也沒有半句感想。

店內的牆壁昏暗得彷彿染上了咖啡的色澤與氣味，芹葉大學的學生只有我們兩個。對學生來說，這裡的價錢實在太貴了。而且我甚至無法明確分辨出眼前的咖啡跟平時常喝的學生餐廳的咖啡有何不同。

舀起一匙寶石般的褐色冰糖，在杯中攪勻。雄大喝的是黑咖啡，他用熟悉的動作將杯子送到口邊。

「我不想太花錢，可是實在不想委屈自己去喝難喝的咖啡。」

他說，我不置可否地點點頭。

「進大學以後，看到身邊每一個人都思考停滯，一直讓我很煩躁。大家原本應該都有夢想或理想的，然而進了大學，就覺得滿足，止步不前了。只知道短視地解決系上的功課跟眼前的問題，沒有半個人對未來採取具體的行動。就在這個時候，我聽到了妳的事。」

心底彷彿被柔軟的火焰慢慢地烘烤著。

「也告訴我你的事。」

我要求道，原本靦腆微笑的雄大臉頰突然繃緊了。

「我的夢想大到無法想像，老實說，我覺得有點有勇無謀。可是我不會放棄。即使進了醫學系，也不是這樣就結束了。我還有更多想做的事。」

他的眼睛看著我以外的遙遠地方。然後他有些猶豫地把剩下的話吞了回去。「要是說得更多，妳可能會以為我真的瘋了。」他苦笑。

一想到必須與他變得更親密，他才肯告訴我，明明才第二次見面，我的心裡又湧上了一股寂寥。

我才不會笑他呢。被他和思考停滯的大半學生混為一談，我覺得不甘極了。

3

雄大的住處是設計公寓的一室。看到水泥裸露的牆壁，還有隔間的霧面玻璃另一頭的樓梯，瞬間我都快腿軟了。

第一次進去他的房間，就像他說的，放滿了大學考試的試題集、參考書、考古題等等。不想再重來一次的大考準備。看到懷念的數學公式和古文，我不禁對他現在也仍持續準備應考的毅力讚嘆不已。

「這是我第一次讓女生來我住的地方。」

看到站在自己房間的我，他狀似不知所措。

他說不管是高中還是進了大學，他都忙著念書，完全沒想過要跟女生交往。一想到他對女人全然陌生，原本只覺得漂亮的他突然顯得可愛，成了令人憐愛的存在。

「你應該很受女生歡迎吧？」

這不是奉承，而是發自真心的問題，然而雄大卻笑道：「才沒有。」他的微笑率真得令人訝異，好似散發出透明的光輝。

「我覺得女生都對我敬而遠之。是妳太特別了。」

雖然是藉著看插圖、聊夢想這些名目，但我們的距離慢慢拉近了。就像避免撞倒插在沙山上的旗子似地，慎重地、慢慢地彼此摸索，然後我們終於接吻了。

高中第一次接吻時，嘴唇相觸的瞬間，那過於美妙的感覺讓我的身體輪廓都要融掉了。我期待與雄大的接吻也會是如此，然而笨拙地壓上來的嘴唇觸感比想像中的更硬。我不知道原因是出在雄大，還是我太習慣了。

貼在一起緊閉著的嘴唇另一頭，雄大正屏住呼吸。我主動伸出舌頭，他突然輕聲尖叫「等一下」，遠離了我。

「這是我的初吻，就突然舌吻，太過分了。」

他用泫然欲泣的聲音說，往後躺倒下去，嘆了一口氣。

我已經告訴過他我以前交過男朋友了。在近處看到的雄大的臉，由於是仰躺，印象異於正面看到的模樣，就連稚嫩的部分，還有修過的眉毛青色的部分都完全顯露出來了。

雄大用異樣高亢而尖細的聲音，像女孩子般問了句：「要做嗎？」他的眼中浮現責備我的神情。

「你不想的話就不做。」

我回答。比起亢奮，倒不如說有點吃不消。雄大垂著視線，談論夢想時那樣高談闊論的聲音現在卻萎縮著，應道：「我想做。」

接吻的時候，我發現雄大勃起了。還有他拚命扭動身體想要隱瞞。我可以明確地感覺到他的心跳快到幾乎要衝破胸膛。

可是能成為他第一個女人的特別感和愉悅帶來的興奮，也只維持了剛開始的一下子而已。雄大硬到應該連旁人都覺得好似要爆發的陰莖還沒有插入，就已經軟了好幾次。即使如此還是勉強做到最後時，我已經累到不行，一邊拿面紙擦拭在肚皮上反光的腥臭精液，甚至心想如果每次都這麼累人，我再也不想跟這個人做愛了。

可是下一瞬間，雄大把手伸向我的頭髮，摸了摸我的頭。

抬頭一看，他深情款款地看著我。「突然覺得妳好可愛。」他太過直白地向我坦白，然後吻了我。

我微微睜眼挪開身子，雄大問：「妳沒高潮吧？」我一時不明白他在問什麼，「咦？」地歪起頭，結果他粗魯地按住了我的手臂。

「不用了啦，不要啦。」

雄大野蠻地把指頭插進我體內，摩擦我的性器，但我只覺得痛。即使出聲抵抗，他也不肯罷手。腦袋就像炭酸泡沫融化似地，白色的黑暗滋滋擴散。我漸漸地弄不清自己被做了什麼，腦袋一片朦朧。明明一點都不覺得舒服，然而那淡淡的一瞬間裹住腳尖似地造訪，我的聲音停了。這是我第一次像這樣高潮。

「嚇到了？」

雄大停手俯視我的眼睛，開心地問。我答不出話來。被觸摸的部位因為他放開手，又開始感到陣陣刺痛。

「妳沒想到能被我弄到高潮吧？……難道妳開始擔心起我其實是個花花大少了？」

他看起來打從心底覺得自豪。

「難道這是妳第一次高潮？聽妳之前形容，我一直覺得妳以前的男友一定是那種自己射了就滿足，草草結束的傢伙，我討厭那種的。」

可能是確信自己占了上風，他的表情越來越明亮。我忍不住深深地嘆了一口氣。

「我鬆了一口氣。」

「為什麼？」

「我以為我太積極，嚇到你了。」

雄大微微地笑了。「我覺得妳應該也沒多少經驗。」然後他這麼說。

「因為妳那種舔法，再怎麼舔也射不出來的。我一想到妳明明不太懂，卻勉強幫我做，就覺得好開心。」

我沒有回答，只是摟緊了他。他什麼都還不曉得，純真地深信AV和雜誌的知識就是一切，那種逞強和虛張聲勢都教人氣憤，然而當時我卻不可思議地好像要深深愛上了。——明明就被我舔到勃起。

我覺得看起來比我成熟許多的雄大總算降臨到與我相同的地平線，甚至感到放心。

「考上醫學系以後，你接下來的夢想是什麼？」

「足球。」

他在床上這麼回答時，我甚至忘了眨眼地回看著他。如果他再晚一拍才繼續說，或許我已經反問出聲了：「啥？」可是雄大的表情嚴肅極了。「等我考上醫學系，我要認真以日本代表為目標。我現在不管做什麼，只要稍微鬆懈，就會被考醫學系的事還有對將來的不安搞得全身緊繃，可是只有足球不一樣。只有踢足球的時候，我打從心底覺得開心。可是運動選手的壽命都很短，所以實現足球夢以後，接下來我要全心當醫生。——等到我當上日本代表，我打算把我連女友也沒交，全心投入念書和足球的過去告訴大家。我準備親吻冠軍獎盃，宣布：『我一直把我的初吻保留到這一刻！』」

他的微笑即使在這個時候也美得無懈可擊。

「我的臉長得也還算普通，就算說我把初吻留給獎盃，也不會有人認為我是因為沒有女人要才沒交女朋友吧。——不過我剛才跟妳接吻了。」

「你現在也在踢足球嗎？」

「嗯，體育課的時候。」

大學選修課的體育課一星期只有一堂。我幾乎是目瞪口呆，感覺剛才還身體相連的他突然又變得好遙遠。是一種把在海上漂流的他拉過來，不知不覺間對方又浮游到天空去，捉摸不定的心情。

湧上心頭的是憤怒。

為什麼他不能把夢想侷限在我也能一起沉醉其中的範圍裡？他說「遠大得瘋狂」的夢想，還真的簡直是瘋了，太過分了。

「會想當醫生，是因為當醫生在經濟上能獲得富裕的保障，我認為這也是為了投入想做的事情而必要的基礎階段。」

雄大的口吻越來越甜美，完全就是沉浸在美夢當中。夢想或許是一種信仰。看到他安詳而毫無陰影的表情，令我這麼想。

「比方說，妳說妳想出版繪本，可是只要當上醫生，也可以等到上了年紀以後再畫吧？選擇當醫生，就是為了在人生中得到這些全部。」

「你想畫繪本嗎？」

我反問，覺得自己的夢想被輕賤了，他微笑著說：

「如果要出書，我比較想要寫小說或比較長的文章，這也是我想實現的目標之一。」

做為一個立志當醫生的人，或許這比抒發食古不化的正義感或薄弱的倫理觀要來得好。——我想要這麼去想。他說的「經濟保障」，意外狠狠地摑了應該賺不了什麼錢的我的夢想一巴掌。

環顧大學校園內，到處都是情侶。我們當時是大學二年級生。不是在系上認識，就是在社團認識，否則就是朋友介紹認識，每個人都盡情享受屬於學生的樂趣。若說不覺得寂寞是假的。我和雄大頑固地堅持用只有自己才懂的語言溝通，是完全不肯理解周圍話語的一對異鄉人，出於寂寞而依偎在一起。

剛開始交往一陣子後，雄大就告訴父母他要準備考醫學系，想要休學。他的父母很困惑，說服他先把設計工學系念畢業怎麼樣？

「我覺得就算從芹葉大學現在的研究室畢業，也找不到什麼像樣的工作。」

深夜，在我的房間，雄大與父母對話的電話內容，有時會讓同一個研究室的我胃部揪緊發疼。

我也正為了沒有著落的插圖工作沮喪不已。即使沒有成果，我仍然能夠繼續向出版社毛遂自薦，還有參加插畫比賽，我覺得都是託雄大的福。只因為心懷夢想而在他的心中占有特別的一席之地的我，除了繼續追求夢想外，沒有資格繼續當他的女友。我不想被他瞧不起。

不要休學，繼續留在研究室怎麼樣？即使被父母勸說，雄大也猶豫了好一陣子。結果發生了意外的事。他抱緊了我說：「可是見不到妳，我會寂寞。」

我好開心。

我不認為我的存在是他的一切，但他決定要和我一起從芹葉大學畢業，然後我們就像許多在外租屋的情侶那樣，窩在彼此的家裡。

雄大只知道自己清潔無菌的世界。他經常無意識地說出讓我開心，或是狠狠刺傷我的話。

系上考試結束後，我提筆創作擱置已久的繪本。我把作品交給雄大請他看看，他為難地縮回身子說：

「妳放在那裡我會看，可是我應該不會馬上看。上次妳拿給我看的時候，我覺得妳的文章滿幼稚的，然後我就讀不下去了。如果妳覺得受傷，對不起喲。」

他關懷似地把手搭在我的手臂上，撫摸著我的背。我的身體從感覺到他體溫的部分開始變冷。

「幼稚？」

「可是不管內容怎麼樣，妳朝著夢想努力的態度我很尊敬。我覺得很棒，我會為妳加油。雖然我個人覺得不行，不過讀繪本的人或許會喜歡妳的那種風格，喏，電視節目也是啊，我覺得很無聊，幾乎都不看，可是世人不都很迷電視節目嗎？」

他說的世人，指的是平凡、庸俗的這類「世人」。我再也說不出話來，「對不起。」他對我微笑說。

「我爸媽跟我姐都說我這種個性絕對不適合當上班族。因為我實在不會撒謊，還有拍別人馬屁。」

即使如此還是喜歡這個人的自己真教人怨恨。

我對我的畫有自信，也珍惜自己的夢想，可是既然雄大這麼說，那也沒辦法——我這麼安慰自己。我想要男朋友，也想要可以依偎在一起入睡的伴侶。

我從來沒有想過如果雄大的夢想實現，我就會有個醫生男友，或是受惠於他所說的經濟保障。

如果形容為夢想不知何時超越了他本身，或許會中聽一些嗎？

學生時期黏在一起的兩年，就是這樣的光陰。「喜歡」，就是這樣一種惡魔般的感情。

4

坂下教授會注意到我，或許是因為我不像其他女學生那樣明顯地化妝或注重打扮。我的長髮隨性地留長，學生時代也幾乎不穿裙子。鞋子幾乎都是運動鞋。

其他的大概就是我在畫圖，還有對其他人義務性繳交的作業，我會多花一點心思去做。此外我為了讓學生時期的經驗在工作派上用場，常向教授借書，並且每次都附上簡短的感想。我不記得自己有什麼突出的表現，但這些事一點一滴地讓教授對我的印象變好了。

剩下的大概就是菸和酒。

其他女同學碰巧都不會喝酒，也不抽菸，所以在教授心裡，就我一個人符合了他印象中的典型樣板。從這個意義來說，坂下老師是個很學者的人。

「不怕酒也不怕菸，而且總是在跟男生議論某些話題，二木同學真是厲害。」

聚餐時我聽到教授高興地這麼說，心想原來在老師心目中我是那個樣子的，決定讓這個印象就這樣維持下去。實際上扣掉研究和實習，我在研究室幾乎沒有跟除了雄大以外的男生私底下說過話。

「坂下老師把二木當成愛徒囉。」

「二木，昨天發的資料信封袋裡面，有沒有教授家的備份鑰匙？沒事吧？」

其他同學常這樣調侃我，但大家的語氣都很輕鬆。教授還單身，但個性認真到了極點，是那種除了做研究和學問以外，對其他事情都沒興趣的類型。

坂下教授不知道我和雄大交往的事。或許一直到最後都不曉得。這在學生之間是公然的事實，但學生在教師面前巧妙地隱瞞自己的關係，視揭發為禁忌的氣氛，一直到高中都是如此，大學也沒有什麼不同。

三年級近尾聲的時候，學生的話題大半都被研究所考試和求職活動占據了。每次聽到同學穿著套裝去拜訪哪裡的畢業學長姐、去索取資料的話題，我就想掩住耳朵。一想到學生生活早已過了折返點，我就覺得快要窒息，逃避似地投入繪畫。

「個性太強烈了。」也是這個時候，我毛遂自薦送插圖去出版社時，被編輯這麼批評。

我視為畫風長處的筆觸，被看作是會引來好惡兩極評價的特殊作風。編輯說，要成為一個全方位插畫家，這是個致命傷。

我不服輸地卯起勁來，畫出極力壓抑編輯指出的獨特作風的畫作，然而完成一看，卻是毫無特色、空洞的庸俗作品。繼續畫圖漸漸讓我感到痛苦。可是我沒有其他長才了。我不斷地重複單調的作業，畫出一幅又一幅作品，這個時期也是我人生中最拚命推銷自己的畫作的時候。

就在這個時候，教授打電話來了。

「二木同學，妳這陣子偶爾會遲到對吧？妳是什麼意思？」

以為肯定沒什麼事而接起的電話卻傳來冰冷的聲音，我面色蒼白。被同學說是教授的愛徒，一直是模範生的我，只是這樣就嚇得彷彿天地倒轉過來。腦中一片暈眩。

遲到的不只我一個。

坂下研究室的風氣原本就很隨便，一方面也是因為要考研究所的學生沒有其他研究室那麼多，已經開始求職活動的三、四年級生，很多人課都開始了才進教室。

像今天，我坐下以後，課都上完一半了，矢島她們才兩個女生一起進教室。——坂下老師也像這樣打電話給她們嗎？

過去不斷被貼上的「愛徒」標籤，讓我背脊發冷並剝落下來。老師一定只打電話給我一個人。「愛徒」就是這個意思。

用力忍住想要辯解的衝動說出來的「對不起」聽起來好遙遠。

「這陣子我忙著求職活動，結果遲到了……。真的對不起。以後我會注意。」

「我不是想聽對不起還是抱歉，我是問妳是什麼意思？」

「我想我利用了老師對我的關照……」

「這樣我很累妳知道嗎？要是有人晚到，我不是又得再重講一次前面講過的內容嗎？」

教授的聲音聽起來像是喝醉了。或許是在晚酌的時候喝著喝著，突然再也無法壓抑先前一直忍耐的氣憤了吧。

「妳在大學以外要做什麼都沒關係，但我的課要確實遵守時間過來，這是我跟大學還有妳之間的契約吧？我也是像這樣在過去各種競爭中脫穎而出，走到現在這一步的。」

我聽著論點偏離，沒完沒了的牢騷，一個勁兒「是、是」地應著聲，明明對方又看不見，卻不斷地點頭答應。我覺得丟臉極了，都快哭出來了。

「我也會提醒妳之外的其他同學，總之妳今後要留意。」

這時電話另一頭的教授不知為何突然笑了。那甚至不是為了緩和尷尬，而是「嘿嘿嘿嘿嘿」，不小心洩露出來般的邋遢笑聲。一想像起那鬆垮的嘴巴，明明過去不管被任何人調侃都沒有動過那樣的念頭，現在我卻突然在教授身上感覺到濃烈的男性氣味。

我掛了電話。因為打擊太大，完全提不起勁做任何事了。桌上吃到一半的蕃茄罐頭燉雞肉顯得滑稽，連一口都不想動了。

那天我把發生的事原封不動地告訴來我住處的雄大。我自己也還沒有整理好心情，只是想要說出口來，圖個平靜。聽完之後，雄大一本正經地坐到我面前。

「我接下來要說的話，對妳來說可能很嚴厲，可以嗎？」

「嗯。」

「遲到是妳不對。妳也有錯。我們研究室在這部分確實是太鬆散、太隨便了，但遲到的確是違反禮節的行為。坂下老師的心情我可以理解。」

「嗯。」

這我自己也很明白，我想聽的不是這種在傷口上撒鹽的話。就是因為即使明白，我還是不曉得該如何排遣心情，才會把這件事告訴他的。在研究室裡，雄大的確一次也沒有遲到過。可是我想聽的不是這種高高在上的訓話。

「明天怎麼辦？」

在課堂上會碰到坂下老師。「像平常那樣就好啦。」雄大應道，彷彿已經對這個話題失去興趣，滿不在乎地吃起我煮的晚飯。「有點淡。」他催道，而我連答腔的力氣也沒有，把醬油瓶遞給他。

我極力表現得跟平常一樣，不想把電話的事告訴其他同學。教授在早上的教室看到我，別有深意地微微點頭，只說了聲：「早。」老師什麼也沒說，我覺得得救了。原本我內心七上八下，擔心教授過了一晚，酒醒之後會不會跑來向我道歉。即使是道歉，重新挑起這個話題還是令人尷尬。

矢島今天也遲到了。雖然遲到的不是我，我卻膽戰心驚，然後怨恨起她來。昨天我才碰到那種事，拜託她不要又惹教授不高興好嗎？然而教授並沒有警告她，只是淡淡地繼續上課。

下課的時候，矢島和其他學生一邊嬉鬧一邊收拾東西時，教授出聲喚道「矢島同學」。

來了。

我預期到接下來的緊張時刻，忍不住屏住呼吸，教授說了：

「妳最近常遲到，要準時來上課啊。」

「啊，好～」

矢島尷尬地苦笑，點了點頭行禮。然後她就這樣別開臉去，準備和其他同學離開。教授也沒有再叫住她，轉開視線。

我愣住，內心無法處理剛才那一眨眼就結束的對話。準備離開講臺的教授雖然沒有看我，但顯然意識到我。

他已經滿足了。

昨天對我發洩一通，得到滿足，今天他已經不再把遲到當成問題了。然而還是叮嚀了一下矢島，是因為顧忌我的目光。

好不甘心。可是我什麼也不能說。因為我已經知道這個世界就是這麼沒道理。發現老師的缺點，一一點出來抨擊的稚氣，我的內在已經沒留下半點了。老師說穿了也不過是人。

忽然間我聽到：「這太說不過去了吧？」我以為我在無意識中把話給說出口了，連忙抬頭，可是聲音不是我發出的，而是站起來直盯著坂下教授的雄大說的。

我吃驚，啞然。直到這一刻以前，雄大對教授來說，應該只是眾多的學生之一。雄大不是不認真的學生，但他因為把考醫學系擺在第一位，所以從來沒有認真投入正課的研究內容。不論是好是壞，雄大都沒能引起教授的注意。

「雄大。」聲音來到喉邊，實際上我卻沒有勇氣叫他。坂下教授發現那句話是針對他，訝異地蹙起眉頭：

「什麼東西說不過去？」

「老師警告遲到的方式。坂下老師昨天晚上特地打電話給二木同學，為遲到的事罵了她將近一個小時對吧？相較之下，老師剛才對矢島同學的提醒會不會太輕了點？」

矢島她們在教室門口停步看向這裡。坂下老師的臉一眨眼漲得通紅。他神色凌厲地瞥了我一眼。

「聽說老師把教師和學生的關係比喻為契約，那麼這個契約應該要對在場的每一個學生平等發揮效力才對吧？……雖然我不知道罵學生算是偏心，還是不罵學生才算偏心。」

雄大的語氣宛如陳述自明之理般頭頭是道，順理成章。

成為學生矚目焦點的教授不悅地撇下一句「夠了」，然後順便似地說：「矢島同學，等下到教師室來一下。」

教授離開以後，矢島和其他學生走過來我這裡。矢島也沒有不高興的樣子，而是擔心地問我：「剛才羽根木說的是真的嗎？」我微微點頭。「老師怎麼那樣啊？真過分。」有人說。

「什麼跟什麼，那等於是二木代表我們挨老師罵了不是嗎？只有二木一個人被罵，太可憐了。」

我處在一股奇妙的浮游感中，回應著這些聲音：我沒事，沒關係，我沒放在心上。「啊，真討厭，我也得去挨頓罵了。」矢島喃喃道，有人用開玩笑的語氣說：「妳是真的遲到得太誇張了啦。」

我聽到一個男同學說：「你好敢喲。」這時雄大也沒說什麼，只是偏著頭說：「會嗎？」他對老師的指正，並不是出於任何心機或目的。他以驚人的坦蕩，活在潔癖的世界裡。

「剛才謝謝你。」

離開教室後我說，雄大淡淡地微笑。他似乎連自己誇張地迴護了我的自覺都沒有。他只說：「因為我覺得老師那樣太說不過去了。」

雖然雄大跟我同年，我卻覺得他像個弟弟。可是不知道什麼時候，我聽人說他形容我「像自己的妹妹」，感到意外極了。或許我們對彼此的看法就是這樣的。

5

雄大沒辦法畢業，是他自己的責任。

升上大學四年級，周圍更熱中於討論出路的時候，雄大又跟父母起衝突了。畢業課題的問題越加具體，他就越堅持要立刻休學準備考試。不是只差一年了嗎？不是說好等畢業再應考嗎？父親試著說服，雄大對著電話粗聲怒吼：

「可是弄畢業課題需要非比尋常的勞力啊！何必把時間浪費在人生不需要的事情上！」

父母不同意他休學，雄大很不高興。「我今年就要報考醫學系。」他說，把畢業課題的準備丟在一旁，報復父母似地更加投入應考準備。

「只要有東西交出去，就可以畢業吧？反正我要去讀醫學系，現在工學系的畢業成績不好也無所謂。」

他的正論只能在他狹隘的常識和經驗裡發揮功能，我勸他應該認真準備畢業課題才對，卻被他忽視了。

我在任教於故鄉群馬縣國中的母親建議下，參加了母親朋友任職的私立高中教員錄用考試。

我並不是放棄了遲遲無法萌芽的插畫家之路。其實我原本打算現在開始拚命念書考研究所的。只要進了研究所，得到學生身分的保障，我覺得就可以拿它來當繼續畫插圖的理由。

母親開出條件，要我先去考考看，如果沒考上那所高中的教職，上研究所的學費可以再看看。

美術教師的證書，我一上大學就自己修課設法取得了，希望能在將來加一點分。我在大學市內的合作學校與立場相同的學生進行教育實習。實習的那個月，對於平常懶散慣了的我這個學生來說相當難熬。

為了雜務和教材製作忙得暈頭轉向的時候，實習生同事靦腆地亮出用EXCEL製作的教材表說：「我男朋友幫我做的。」我好羨慕，請雄大也幫忙我。

「可以是可以啦。」

顯然在提防我要提出什麼要求的雄大用不耐煩的口氣問：「那我要弄什麼？什麼時候怎樣弄？」明明剛才還在房間裡面玩電動。我這麼一說，雄大便吼了起來：

「那是我自己的時間好嗎！就算我看起來像在玩，那也是決定好的散心時間。不管是用在準備考試還是用在大學功課的時間，我的每一分每一秒都是規劃好的，妳插隊占用人家的時間，還抱怨什麼！」

「對不起。」

我乖乖道歉，為拜託他而後悔。

原來雄大跟我的實習同伴的男朋友不一樣，沒有時間可以分給我。不是物理上沒有時間，而是心裡根本容不下我。

雄大是一個絕對不能委身依靠的情人。我得用自己的雙腿前進才行。

教育實習非常快樂。有些人是真心想成為老師，也有些人像一開始的我一樣，只是為了拿個教師資格而來。

沒有人像我和雄大那樣擁有特出的夢想，但是和他們談天很愉快。當我犯了錯，而大家不求回報地協助我挽回時，我打從心底感激，覺得人的善意和親切竟是如此美好。我和雄大竟指著這些人，說他們思考停滯嗎？他們不也是腳踏實地，想望著自己的夢想罷了嗎？我覺得過去虛張聲勢地只執著於插圖的自己既渺小又膚淺。

我考上了原本只打算姑且一試的教職，拿到了美術教師的內定資格，但決定之後又猶豫了。我真的打算回鄉下嗎？只是上了大學，離開父母身邊幾年，我已經無法想像在家鄉的生活了。雄大只說「隨便妳」。最後推了我一把的，還是母親的話。

「如果妳有什麼想做的事，就一邊工作一邊努力吧。築夢也要踏實啊。」

我害怕可能會被雄大輕蔑。可是那時候雄大滿腦子只顧著自己的出路，完全沒把我放在眼裡。

那一年，我為他的畢業課題出了很多力。應該討厭浪費人生的他，看在旁人眼中，做的卻淨是些浪費人生的事，真不可思議，而且諷刺。

升了四年級以後，他也繼續去上應該是一、二年級生才上的選修體育課，在足球賽中右腳複雜性骨折了。拖著誇張的石膏腿和拐杖回家的他，咬著指甲，抓著頭髮，大嘆：

「我要怎麼辦才好？居然沒辦法踢足球了。足球是我人生的一切啊。」

受傷的腳只要幾個月應該就能走了，但如果要完全恢復原本的狀態，好像遲早都得接受手術。

「手術等我考上醫學系再說了。」他索然無趣地嘆息。

同屆的的坂下研究室同學裡，只有雄大沒有拿到畢業需要的分數。從那個時候開始，坂下老師和雄大的關係正式變得水火不容。為什麼不讓我畢業？我到底哪裡不好了？每次去教授的研究室，雄大就跟老師大吵。與父母講電話時也好幾次冒出「我要告他」的話，讓我驚惶不已。雄大不情願地接受留級的事實時，我已經完全準備好要離開大學，回去故鄉了。

「雖然晚了一年，但我要一邊準備考醫學系，明年一定畢業。」雄大說。

6

每個月一次，我在週末拜訪雄大的住處，我們的男女朋友關係就像這樣，後來又持續了兩年。

我畢業以後，他依然專心準備醫學系的考試，但坂下老師的研究室卻是去得有一搭沒一搭。「事到如今，我不想換去別的老師的研究室，可是也不想看到他。」他在我畢業那年的春天說。那一年的醫學系考試，他落榜了。

「就算沒畢業，只要先考上醫學系就沒問題了，真不甘心。」

雖然曾經受到不合理的責罵，但畢業的時候，我和坂下教授在良好的關係中道別了。畢業後，我去找雄大時順道拜訪大學，教授很擔心他。

「如果他更常來研究室就好了。他不肯求助，我也沒法幫他。如果妳見到他，可以幫我勸勸他嗎？」

教授不知道我和他的關係，應該完全是出於善意而這麼說的。「好的。」我答道，這麼轉告雄大，但我不記得雄大是怎麼回答的了。

漸漸地，我越來越像個高中老師了。

常有人說教師的視野狹隘，但小小的教室裡，包括學生的家長背景在內，就像個社會的縮圖，我常為此煩惱不已。因為自己開始賺錢，我有了理財觀念，也學會奉陪任性上司的一時興起，還有在組織中不得不的壓抑與隱忍。

我在職場上碰到的事，雄大大抵都用一句「真辛苦」帶過，然後聳聳肩說：「所以我覺得我沒辦法做那種工作。」

如果成為醫生，組織與人際關係的複雜與壓力，絕對不是我現在的工作可以比擬的，但我不知道他對這部分的想法是什麼，沒有吭聲。

從這個時候開始，我經常計算起接下來的歲月。

現在要進醫學系，要花上幾年？畢業要花上幾年？就算順利考上醫學系，畢業也要六年。醫師的國家考試也不一定可以一次就考過。實習兩年，然後，然後……。

——二木老師覺得寶井老師怎麼樣？

同期進學校的寶井是個認真和善的男老師。他教化學，總是穿著白袍。

感覺出生以後就從來沒有修剪過的粗眉跟底下的小眼睛格格不入，土里土氣的大鏡片眼鏡與那身白袍的印象加在一起，塑造出一種外星人般的樣貌。然而一拿下眼鏡，又讓人聯想到螳螂那類複眼昆蟲。眼睛之間的間隔太開了。

——二木老師會很想結婚嗎？

認識沒多久，寶井就毫無技巧、開門見山地這麼要求交往。如果跟我交往，未來就有保障囉——我覺得彷彿被這麼暗示，難受極了。寶井完全不是我喜歡的型，但工作疲憊的心，讓我雖然只是偶爾這麼想，卻因為不過一時軟弱就禁不住動情，而覺得自己很窩囊。

上司都是上了年紀的鄉下人，似乎覺得把年紀相仿的年輕人放在同一個地方，有所發展是很自然的事。寶井老師人很老實，而且有份穩定的工作，以條件來說無可挑剔。寶井或許是被這份自信推動，才向我告白的。

我想大聲說不是的。

我笑著閃躲上司們的調侃，好想讓上司和寶井看看我的男友、看看雄大那漂亮的側臉。

我不屬於這裡。

我不是想和雄大結婚。我沒有那麼具體的感情，只是都跟他在一起那麼久了，單純地覺得今後也會一起走下去。

我第一次動念：如果他肯放棄夢想就好了。

如果他能把耗費太久的夢想做一個了結，選擇寶井或我那樣踏實的人生，不管是我還是雄大，都不曉得能有多輕鬆。

我聽身邊的人說過，有些情侶因為一個出了社會，一個還是學生，金錢觀和價值觀都不合了，因而分手。我和雄大也開始出現這種情形了。全是些微不足道的小事。讓有收入的我付帳，或是不去學區的廉價居酒屋或家庭餐廳，而想去更高級一點的酒店。

持續投稿的我的插圖被登在一本小美術雜誌時也是。

篇幅很小，而且雖然上了雜誌，那內容也不會立刻為我帶來工作，不過編輯在旁邊評論道：「這是只有她才畫得出來的溫暖世界」。我在書店看到雜誌，覺得體內彷彿亮起了一盞明燈。我一次又一次重讀那欄文字，回家之後哭了一下。

我連絡雄大，他說「恭喜」，幾天以後他說：「每次我去大學合作社，都看到那本雜誌。」

昨天也看到了。今天也看到囉。

這是件微不足道、根本用不著放在心上的小事。可是我就是在乎了。雄大一直到最後，都沒有掏錢買下那本雜誌的念頭。

「我會在新的一期出來以前再去看一次。」

他詢問雜誌發售日的天真語氣讓我再也忍不住，終於問出口了：「你不買喲？」雄大很吃驚。

「可是我買了要幹嘛？那雜誌是專門書，很貴耶。出版冊數應該也沒幾本吧。」

我不知道他對我們的關係感覺到多深的嫌隙，可是提出分手的是他。

當他用不同於平常的緊張聲音在電話另一頭說「我有事要跟妳說」，用不著警戒，我覺得我早就知道遲早有這麼一天。

「我們分手吧。我現在這種狀況，不知道什麼時候才能像以前那樣輕鬆地跟妳見面。」

「如果你念書很忙，像現在這樣暫時不見面也沒關係。」

如果他不挽留的話就死心吧。我難過得不得了，但已經有了心理準備。

結果他接著說了：

「老實說，我跟我姐商量過了。就是現在的狀況還有妳的事。……結果我姐說，如果人家已經在工作了，接下來一定會提結婚，與其讓對方心存期待，跟人家分手才是為了對方好。」

他滿不在乎地這麼說時，我在腦袋深處同時聽到冰冷的耳鳴還有全身血液沸騰的聲音。

我頭一次嘗到這樣的侮辱。

就是不願意被他這麼想，就是絕對不要被他這麼說，我才努力用自己的雙腳站立，用這種交往方式和他走到今天。我以為他懂，原來他竟全不明白？他寧願相信甚至連見都沒見過我的姐姐做出來的結論嗎？

雄大的家人對於都已經超過二十歲的兒子的出路和戀愛，都毫不保留、攤開來大家一起討論嗎？

包括他毫不內疚地揭露第三者言論的無自覺在內，我恨極了，停止呼吸地答道：「好哇，那我們分了吧。」結果這下似乎換成雄大吃了一驚。或許他以為我會更堅持一點。

「可以嗎？真的嗎？」

不要發出那種寂寞的聲音。你的父母、姐姐，還有圍繞著你的環境，一直以來都是用多麼純淨美麗的事物呵護著你？光是想到這一點，不是比喻，我真的一陣頭暈目眩。難怪我對你這種程度的縱容，甚至換不來一絲感謝。

「就算分手了，我們也要繼續當朋友喲。我想要繼續支持妳的夢想。光是想像幾年以後我們會變成什麼樣的人，在做什麼樣的事，就真的好期待。然後回想起其實我們以前交往過，那不是很棒嗎！」

我連回話都沒辦法，掛了電話。

我掩住眼睛，總算一個人靜靜地流淚，結果雄大似乎被我的拒絕嚇到，馬上打電話來了。手機畫面上不斷地閃爍著他的名字。手機彷彿不曾考慮過無人接聽這回事，震動個不停。

「對不起我甩了妳。」

聽到這話的瞬間，我後悔接了電話。

聽起來就像小朋友誤用了剛學到的詞。什麼「甩」，我碰上的才不是那樣單純可愛的事。我遭遇到的是更激烈的別的東西。是喪失。

我一直以來交往的對象到底是誰？

我省悟到那個人根本不存在，茫然自失。

「我愛你。」剛交往的時候，我曾這樣呢喃過。

睡在我身旁的雄大毫無防備的睡臉忽然令我無比憐愛，我伸手觸摸他。那一瞬間，我發現自己認定除他以外什麼都可以不要了。他的夢，我的插圖夢，這些沒有實現都無所謂。只要今後也能在一起，只要被他需要，這樣就夠了。我想要變成你所嘲笑的平凡情侶之一。

覺得光用「喜歡」無法形容而使用的詞彙，令雄大困窘地蹙起眉毛。

「我喜歡妳，可是我不懂愛這種感情。我不想用我不懂的詞彙。」

不會撒謊，清洌正直的男朋友。「這樣啊。」我喃喃說，為了隱藏湧出的淚水，把臉抹在被子上吸掉。

7

雄大提出分手時，身邊還沒有什麼人結婚的消息。但是過了二十五歲以後，結婚在我周圍也不是什麼稀罕事了。

我覺得大學以前的戀愛，是不能在老師和大人面前提起的禁忌遊戲；但出社會以後的戀愛，是預期將來要結婚的大人公認的生活的一部分。當然會有更多的束縛，但是和另一個人成為一家人就是這麼回事吧。再也沒有十幾歲時的戀愛那種背德之感了。

雄大說他去參加高中朋友的婚禮，報告說：

「嚇死我了，紅包要包那麼多錢喲？——還有四下看看，跟我同年的傢伙每個看起來都像大叔，沒想到他們老那麼多，我好吃驚。」

雄大給我看的照片，在我看來全是些符合年紀的年輕人，完全不是雄大所說的「大叔」。

我想他是不會明白的。

因為沒有見過真正的大人是什麼樣子，才無法覺察到他們的年輕。

與雄大的「分手」是虛有其名。

當時我也還太幼稚，會去相信遵守「繼續當朋友」這種自私的要求才是成熟的表現。

對彼此的義務和責任都減少了，我應該可以去交新的男友，也可以不再繼續等待雄大的夢想實現，為他擔憂煩惱了。可是我眼裡只有雄大的時間實在是太久了。我無法想像去觸摸他以外的人，或是與別人接吻。

我不知道自己居然這麼笨拙。「喜歡」這種惡魔般的感情仍牢牢地糾纏著我。聊勝於無的感情也是一種惡魔，我會接他牢騷埋怨的電話，還是一樣搭新幹線和慢車，去早已畢業的芹葉大學附近的他的住處。偶爾也會在中間地點的東京的愛情賓館見面。

交通費三萬，賓館錢一萬，餐費三千，茶水費一千五百。

與他上床後踏上歸途時，我想到原來我花了這麼多的錢跟雄大做愛。這豈不是形同因為沒辦法跟其他男人上床，所以花錢買他嗎？

什麼繼續當朋友，聽了教人笑話。

我跟他從來就不是朋友。我們不是情侶，連是否曾是朋友也很難說。

我開始覺得或許我該考慮一下寶井的事。我聽研究室的畢業學姐說過，工作以後就沒有邂逅的機會了，實際上真是如此。在我身邊，未婚的男人就只有寶井一個。

私立高中有別於公立學校，沒有調職這回事，寶井在被我拒絕以後也以非常自然的態度面對。當然有過尷尬的時期，更重要的是他沒事有事就暗示他還沒有放棄的態度讓我覺得麻煩，但他並不是個壞人。

雖然不是我喜歡的型，但他喜歡我，我覺得如果交往，或許能漸漸喜歡上他。和雄大那時候澈澈底底地不同。可是像那樣愛上一個人，結果我得到了什麼樣的下場？

大學最多可以留級四年。雄大一直沒有考上醫學系，現在還留在大學，如果今年不畢業，他就要被退學處分了。他心不甘情不願地拜訪坂下老師的研究室，卻被這麼宣告，然後他的不平不滿變成簡訊和電話傾倒到我這兒來。他一再地說「我沒辦法承受」。

雄大今年已經沒有退路了，這一點教授也很清楚。坂下老師的話，即便過去有過那麼一段，但只要雄大交出該交的功課，應該也會給他最低限的分數，讓他畢業才對。我像個母親般諄諄勤說，叫雄大總之要去找老師，結果他完全不掩飾自己的不悅。

「可是那傢伙莫名其妙啊。……結果我還是把我的夢想告訴他了。」

聽到雄大說出他最珍惜的祕密，我啞然無言。

「我明確地告訴他，雖然等我當上醫生，獨立開業的時候已經三十五左右了，但我還是不會放棄。我啊，才不要過他那種悲慘的人生哩。雖然我也不曉得我會不會結婚，可是妳說說，那傢伙活在世上究竟有什麼樂趣嘛？」

他不可能把這段話當面對老師說的。我想要這麼想。我怕得不敢問明白。

他把自己的夢想告訴教授多少？總不會連足球的事都說了吧？我也想要這麼去想。

我答應吃飯，寶井開心得幾乎把我嚇到了。

約好吃飯那一天的放學時間，我一個人在美術室改期末考卷，結果有人輕聲敲門。

進來的是我任教的一年二班的真野同學。

他點頭行禮，動作很僵硬。真野仍是個孩子，皮膚光滑，沒有長鬍子，也沒有冒痘子，泛著淡淡紅暈的臉頰長著透明的汗毛。瞬間我一陣心驚。因為那銳利的眼神和淡色的瀏海看起來跟雄大有點像。

「怎麼了？」

我佯裝平靜問。我一直覺得這孩子很可愛，也知道他在女生圈中很受歡迎。「老師，我可以問一下嗎？」真野以緊繃的聲音問我。

「將來我想從事跟繪畫有關的工作。」他這麼說的時候，我覺得有股懷念的風掠過耳邊。是柔軟地悄悄溜近，有點寂寞的，揪心的夏末涼風。

「繪畫。」

「對，繪畫。」

我模仿似地呢喃說，把真野逗笑了。我也微笑。我覺得自己的笑法應該十足成熟。

「你說繪畫，具體來說是什麼樣的工作？」

「我最想當的是畫家，可是要當畫家很困難呢。而且聽說也很難養家活口。」

真野嘆息說。

「可是我想當插畫家或畫家。我想知道要實現願望，現在要開始做哪些準備才好。還是該上美大比較好嗎？我完全沒有頭緒，所以想找老師商量。」

「這個嘛，我們學校以前好像沒有學生考過美大，不過如果你是認真想走這條路，老師會幫你查查看。」

「謝謝老師。」

「你喜歡畫畫嗎？」

「喜歡。」

「這樣啊。」呢喃的瞬間，我的臉違背我的意志，浮現無力的笑。

「要考美大的話，或許你應該去繪畫教室上課，老師也幫你看看哪些地方不錯。」

「不能請老師教我嗎？」

「我？」

我吃驚地回看真野。真野的眼神強勁有力，讓人聯想到表面張力。看到他的眼睛，我的內心某處猛地失去平衡，就要被看不見的力量吞沒，但我在越線之前撐了下來，搖了搖頭。

「我不行的。我幫你找個可以從更基本的地方教起、有能力的老師。」

「這樣啊。」

他點點頭，看起來還覺得遺憾，讓我不合宜地感到內心一暖。談完之後，他也沒有立刻離開美術教室。一陣短暫的沉默，我看他的臉，同時他抬起頭來。

「……老師當然有男朋友了吧？」

聽到那緊張而有點沙啞的聲音瞬間，我瞪大了眼睛。

下定決心從正面注視我的那張臉底下，緊捏著制服長褲的手微微顫抖著。強裝若無其事，卻仍流瀉而出的感情透過空氣傳染了我。

「有。」我當下答道。

腦中浮現的不是接下來要一起去吃飯的寶井。

緊張從真野的臉上消失，取而代之浮現的是「果然」的斷念，看起來也像是鬆了一口氣。「說的也是呢。」真野回答，垮下肩膀，離開美術室。我假裝遲鈍，道別他說「再見」。

我一個人留在教室裡，癱坐著無法起身。

我回味著剛才發生的事。

他說的話、純真無垢的表情、淡淡的夢想，一切都好慢好慢地湧了上來，在視野底部張起又白又熱的一層膜。

為什麼呢？

我覺得我再也得不到任何清潔的、美麗的、憧憬的事物了。我覺得我再也無法選擇了。

做夢，是一種才能。

做夢，是只有無條件相信正確的人才能被允許的特權。毫不懷疑、相信正確。強迫自己走在正確的路上。

那是一種只能活在水缸裡，有如觀賞魚般的生活方式。可是我已經無法奢望乾淨的水了。今後我能得到的水，不管多麼微量，一定也都摻雜著泥沙。即使覺得窒息，我也只能喝下它活著。

當上老師以後，我從氛圍中察覺女學生在背地裡直呼我的姓。二木的課好煩喲。警告不認真的學生以後，被悄聲咒罵「去死啦」，我也只是假裝沒聽見。我知道教師這種以小孩子為對象的職業就是會碰上這種事。——不管再怎麼受歡迎、漂亮又溫柔的老師，我自己當學生的時候，確實就是用這種態度對人家的。

沉溺於過度強烈的夢想世界的我，有一半現在仍停留在大學時代。從今而後，不管發生任何事，我都得拖著剩餘的另一半走下去。

——雄大。

我出聲喚道。雄大。

我一直瞧不起他。覺得他是個爛人，在心中不斷地咒罵他，也曾沉浸在優越感中，覺得他是個沒出息的傢伙。

可是到了這個地步，我才總算確信了。

他做著夢。甚至沒有想過夢想或許不會實現。甚至沒有自己在逃避的自覺，深信夢想絕對會成真，毫不懷疑。從一開始就是，堅定不移，直至今日。

我是不是輸給了雄大？

「未玖。」

坂下教授被人發現陳屍研究室，打電話來的雄大聲音虛弱極了。

「對不起。我怎麼樣都想在最後見妳一面……」

那個時候，如果他沒有說出那個關鍵字眼，或許我已經掛了電話。可是他說了。用因為恐懼和緊張而顫抖的聲音，彷彿這就是最後。

「我愛妳。」

理性煙消霧散。

我什麼都沒有。連做夢的力量也沒有。清冽的水的氣息散發出近乎危險的光輝在電話另一頭呼喚著我。

「你在哪裡？」

我壓低聲音問。

8

雖然察覺不到有人監視或跟蹤，但為了預防萬一，我決定先去高中上班再前往。

「我覺得不太舒服，可能感冒了。」我對同事這麼說後，便早退了。

「我沒辦法自己開車，我請人來接我。」

連丟下車子都編了個藉口，我偷偷溜出學校，跑到車站，跳上電車。

換乘新幹線抵達的盛岡車站與我所知道的任何一處車站都不同，陌生極了。離開高崎時晴朗的天空現在看起來一片陰霾，應該不只是因為從上午變成了下午的緣故。不知是否心理作用，穿過鼻腔的空氣好冷。一陣刺痛提醒了自己來到了季節和天候都截然不同的地方，瞬間不安到差點尖叫。可是我已經來到這裡了。

在我找到的旅館房間裡，雄大一臉蒼白。頭髮變長了，鬍碴也變得醒目，比什麼都明顯的，是眼神磨耗了。臉頰消瘦，皮膚粗糙。我們一個月沒見面了。

我大學畢業以後，雄大的外表變了很多。過去純粹的年輕和漂亮銷聲匿跡，只有那種拚命停留在原地不肯改變的人才有的疲憊和幼稚浮出表面。

「未玖。」

他沒有表現出哭求的醜態。

他看到我，露出甚至讓人感覺從容的微笑，呢喃說：「幸好妳來了。」

旅館的照明很暗。淡粉紅與米白色直紋的壁紙、室內的床鋪、枕邊的面紙和保險套，全部都像夢境一般，罩著一層迷濛溫暖的空氣，沒有現實感。

雄大飢餓地吃著我買來的超商便當，用力舉起保特瓶，茶水從脣間溢出，滑過下巴。雄大連嘴也不擦。浴室傳來放浴缸熱水的聲音。

我們一起泡澡，雄大在浴缸的熱水中呢喃似地說：

「摸我。」

雄大的陰莖又硬又挺。第一年因為只有雜誌和影片的知識，所以他一直想拿我試遍世上被視為「舒服」的一切誤會。

是從什麼時候開始，我們做愛的模式固定下來了？

他插入，我高潮，然後他一定會把我帶去浴室。「射的時候最爽了，卻要戴套子還射在外面，太莫名其妙了，或許妳是很爽啦，可是我——」他說著，把買來的潤滑劑擠到我手掌上。我的右手抽動得都快麻痺了，如果沒聽到他的聲音，我甚至不被允許入睡。

我想要憶起美好的回憶，腦中浮現的卻淨是這些。

「——我要忍住不射。未玖的手真舒服。」

聽到那甜美的呢喃彷彿讚美般從他口中吐出，我毛骨悚然。拜託，我累了，快點射了吧。冬天寒冷的浴室裡，擰開噴灑的蓮蓬頭水聲中，我卻微笑著奉陪到最後。

疲倦的日子，我的手停了下來，雄大便把自己的手覆蓋上去，強硬地上下滑動。在他自己的手底下夾著我的手掌，這到底有什麼意思呢？

「……你殺了坂下老師？」

我撫摸著雄大問，他慢慢地抬頭看我。

他沒有動搖的樣子，眼睛也看不出表情。溫暖的熱水中，我的手從他身上離開。雄大沒有阻止。倦怠而甜美的迷濛空氣散去，彼此的臉清楚地顯現出來。

「我沒有殺他。」他說。

他的聲音隱含著許多矛盾，但我不知道他對此究竟有多少自覺。

「我沒有殺人，卻蒙上嫌疑，才會像這樣四處逃亡。就算被抓，我也會坦白說，說我沒有殺他。」

「那你為什麼要逃？」

「因為照這樣下去，毫無心理準備就被抓，我會被當成凶手的。所以……」

「你騙人。」

脫口而出的聲音很冷靜。好悲傷。他大概甚至沒有自覺到他在對我撒謊。在他心中正確的事才是真實，對雄大而言，除了自己的真實以外，即便是現實，也都是邪惡。

雄大一下子就沉默了。一會兒後他說出來的話並不是認罪。

「應該沒有確實的證據可以證明是我幹的。沒有人看到，指紋也擦掉了。……喏，那間研究室我為了畢業的事去過好幾次，就算查到指紋，也根本不能當成證據。就算警方拿它壓我，我也絕對不承認。開什麼玩笑，我的人生怎麼能被那種傢伙搞砸？就算被抓，也絕對會因為證據不足被釋放。而且我絕對不會自白的。」

「絕對」，這是他自己也知道走投無路時總會掛在嘴上的話。說著說著，他的臉頰泛出血色，說話也漸漸沒那麼有氣無力。

「被偵訊拘束的時間雖然可惜，不過也沒辦法。哎，我都得花比別人更多的時間才能進醫學系了，這到底是在搞什麼啊？」

「……殺人嫌犯能進醫學系嗎？」

雄大惡狠狠地瞪我。

「我就說我不會認罪了，不會有事的！而且只是殺了一個人罷了，不會判死刑的。」

即使演變成這種事態，他依然貫徹著泅泳在透明夢想中的態度。我已經知道他是個什麼樣的人，不會再感到驚訝了。可是不管是一條人命還是殺了人的命案，都是無可挽回的一線，然而當事人卻完全不這麼認為，我覺得真是諷刺。

「那你不能逃呀。」我說。「如果一直逃，光是這樣就會壞了檢警的心證。你得回去才行。」

「……讓我考慮一下啦。」

看到他不高興地抿緊嘴脣的臉，我意外地想起了自己的母親。如果勸我築夢要踏實，讓我回到故鄉的母親知道我交往的對象是這樣的一個人，她會作何感想？見到他之前，我毫不躊躇地只想到要來這裡，然而現在我卻搞不懂他所在的世界與母親所在的世界哪一邊才是潔淨的了。我不懂哪一邊才是我的歸宿了。

那天晚上，雄大就像第一次那樣軟了好幾次。

他的陰莖想要上我，充血膨漲得幾乎發疼，卻突然不行了，即使如此，他還是一次又一次努力。我假裝高潮，說不要再做了，雄大咬牙切齒地說「我還沒射」。我呆呆地看著乍看之下新穎、細看卻處處滲出汙漬的天花板，感到從學校早退衝到車站的喘息記憶，還有當時懷抱的決心就像盛開的花朵慢慢凋萎似地崩解而去。

啊啊，眼睛睜著，視野卻一片漆黑。

落入淺眠，夜半醒來，身旁的雄大身體微微搖晃著。我聽到衣物磨擦聲。我微微睜眼，注視著獨自背對著我，用單調的動作煩躁地搓弄生殖器的他的後腦杓。

我閉上眼睛，想在退房前勉強再睡一會兒，然而那神經質的搖晃聲卻沒完沒了地持續著。

9

我真的沒有想過見面以後的事。

只要見到他，接下來的事我甚至沒有決定的權力，但情況一定會有所發展。他會帶著我一起逃亡，或是答應我的勸說，向警方投案，我預期了這兩種情況。

可是他要求我的卻是第三種選項。

他說他還要繼續逃亡。然後要我借他錢，甚至居然催我回去。

他沒有明確地叫我回去，可是顯然為了該如何處置真的跑來的我而不知所措。一個人落單的寂寞，以及被我責備的徒勞感在他內心混沌地融合、衝撞。

我不知道他要逃到什麼時候，也不知道他真的以為自己逃得掉嗎？——可是來見你的我，確實會蒙上罪責。

「我也一起去。」

聲音脫口而出。一想到這就是來到這裡的途中所下的決心，我就窩囊得快掉眼淚。再也沒有退路了，我也一樣。

你想在最後見我一面、說你愛我，只是因為想要做愛嗎？一旦知道爽不起來，就不要我了嗎？

聽到我說要一起去，雄大沒有更積極地趕我走。

而我則是在下定決心之後立刻就後悔了。

這家賓館的錢，一定就像之前那樣由我來付。一想像我從錢包裡掏出一萬圓——還有今後也將繼續掏出鈔票的景象，光是這樣，我就頓時忍無可忍了。

「……你覺得錢全部讓我出是理所當然的嗎？」

我對走出房間，深深戴上帽子的雄大說，他愣住似地看我。就算他怪我事到如今還爭這幹嘛，我也無法反駁。可是我就是克制不住。

「之前也一直都是我付錢。」

「可是我又沒在工作。而且現在都什麼節骨眼了？」

「累計起來是很大的一筆錢。其實從很久以前我就一直在想了。我……」

「那就算了，別付就是了。」

雄大不高興地說，走向走廊盡頭的逃生門。他推開沉重的門扉。

「妳也不用一起來。」

寒風從滿是鐵鏽、許久無人使用的逃生梯底下席捲上來。雄大打算不付住宿費，從這裡溜走。

如果跟他一起逃，今後連我提款帶來的一點資金一定也會一下子就見底了。不付錢直接逃走或許是個好主意——然而我趕上去，踏上逃生梯的平臺，看到他準備下樓的細瘦背影時，忽然冷靜下來了。

「等一下，最好還是付錢。與其被起疑報警，付錢更安全多了。我來付。……對不起。」

雄大回頭看我。他的眼睛還在鬧彆扭似地瞪著我。

在近處看到他惹人憐愛的端整容貌，還有用全身表達不快、想要我取悅的站姿，我赫然一驚，咬住下脣。

——為什麼我要道歉？都這種狀況了，我還對這個人。

雄大折回樓梯。「那就麻煩妳了。」他看也不看我的眼睛說。

「我說……」

風吹了過去。

攫住我的側髮、讓臉頰繃緊的風既尖銳又冰冷。就像被它刺激似地，喉嚨深處越來越熱。站在只是一片金屬板的樓梯平臺的腳突然顫動不安起來。

「我不行嗎？」

我頭一次問出口。

雄大大概不明白意思，訝異地看著我。

「你的夢想就不能拋棄嗎？沒辦法的，沒法實現的。雄大，你沒有才能。都念了幾年書了，還淪落到這種地步，你不可能進醫學系的。你的人生已經完了。沒辦法照你夢想的走。」

他睜大眼睛，凍住了似地僵在原地。我不肯罷休。

我知道他應該怎麼做。

只要做一件事就行了。只要執著於他以外的人就行了。只要有一個除了夢想以外不願失去的重要事物、只要去愛別人，一定就可以感到幸福。

那個人不能是我嗎？

一開始猶豫著要不要休學時，雄大說他想要跟我在一起，可是後來的人生，他卻不怪罪於我。他殺害莫名其妙把我當愛徒看待的坂下老師，理由也與我完全無關。

他明明可以把一切怪到我頭上的。

我想要雄大罵我、責備我，說都是我害的。不怪罪別人，不是因為他正直清廉，而是證明了他對我毫無興趣、毫不執著。

我不知道自己對雄大而言，是不是值得去執著的唯一對象。而且對我來說，我也不知道雄大是不是我的唯一。可是即使如此，難道就不能把這樣的情感、這樣的願望稱為愛嗎？

「一起去警局吧。就算你被捕、就算被判刑，我還是最喜歡你。我會一直陪在你身邊，不離不棄。所以不要再沉迷於只有夢想和理想的純淨世界，看看現實吧。」

「囉嗦！」

雄大吼道，下一瞬間，他的手逼近眼前，在視野中橫越而過。被猛力摑掌的臉頰好燙。我退縮，頭髮被扯了過去。雄大的右手伸到我的下巴底下，用力一掐，我像青蛙似地「咕」一聲叫了出來。

被掐住脖子的瞬間，一切的事物像慢動作般流逝而去。

每一階樓梯的輪廓、瞪住我的雄大的臉、凶惡的眼神、齜牙咧嘴的樣子、伸長的手臂痙攣般的每一下顫動，都是那麼樣地濃烈、鮮明地映入眼簾。

我聽見胸口深處吐出長吁的聲音。好痛苦。好難過。當然有感覺。然而在開始麻痺的意識中，我祈禱著：是啊，這樣就行了。

因為我也只能這樣了。

就算被雄大殺了也無所謂。

就算不是愛也沒關係。我的世界被這個人支配著，我的心永遠被拋棄在大學時代的夢想之中。我只有雄大。我只看見雄大。

——雄大嚇了一跳似地鬆手。

被狠狠掐住的喉嚨微微鬆開。空氣進入的瞬間，我發出連自己都嚇到的猛咳聲，就這樣嗆咳不止。雄大就像被我激烈的嗆咳壓倒似地縮回了手。我跌坐在樓梯的平臺上，極盡所能地呼吸空氣。

雄大俯視著這樣的我。即使知道，我仍止不住地咳。下一瞬間，從頭頂落下來的聲音讓我懷疑我聽錯了。我絕望了。

「對不起。」

雄大道歉了。他為了自己做出的事困惑似地杵在原地，然後把我丟在這裡，逃也似地，這次真的衝下了樓梯。

「等……！」

聲音斷了。因嗆咳而溢出的淚水這次帶著明確的感情泉湧而出。我徹徹底底不屬於他的人生嗎？

清潔純淨而理想的，他的夢想。做夢的才能與力量。這個世界沒有任何地方容得下它成長茁壯。你沒有辦法活在任何地方。

突如其來的衝動充塞了胸口。

「雄大！看著我！」

我使盡全力大叫，樓下的雄大停下腳步。原本鏗然作響的踩踏金屬聲消失了。風不停地呼嘯著。我覺得如果就這樣往下看，我一定會退縮。看著我，看著我，看著我！我叫著，抓住樓梯扶手站起來。

「看著。——因為你就要殺了我。」

雄大露出倒抽一口氣的表情，總算叫了我的名字：「未玖！」他想從樓下上來，但我的動作比他快了一步。

我踏上平臺的矮欄杆，閉上眼睛。

屏住呼吸，從樓梯探出身子時，我覺得雄大朝我伸出了手。可是我的身體滑過他的手指，墜落下去。

只不過殺了一個人，不會判死刑的。

我一邊想起雄大的聲音，一邊祈禱。我好久沒有浸淫在這樣純粹無瑕、清淨安寧的心情了。那是我過去無數次沉迷想像的，夢想世界的舒適。

神啊，請讓他被判死刑吧。

請讓他被判死刑。

這個世界，沒有你容身之處。

我睜開眼睛向上望，與他四目相接了。他的眼神淒慘，求救似地從上方朝我伸手。

那或許是幻想，又或許是我的願望。

君本家的綁票

1

把拿起來端詳的髮帶放回架上，不經意地往旁邊一瞄，嬰兒車不見了。

咦？回頭望去，也不在那裡。

進駐大型購物中心的店鋪之一「咪咪＆莎莉」的飾品展示架面朝通道設置著。雖然很少會進店裡慢慢逛，但今天也像以前那樣停下腳步看了看這個飾品架。

咲良出生以後，外出時不管望向前後左右任何一方，總是會意識到壓迫胸脯高度的推桿。搭電扶梯的時候、坐電梯的時候，就連走在通道上，都總是留意能否確保嬰兒車的空間。嬰兒車就是如此與現在的君本良枝如影隨形，她從來沒有在買東西的途中離開過嬰兒車。

「咦？」

這回聲音衝出喉嚨。聽著自己的聲音，良枝嘴脣發僵，發笑也似地抽搐著。

七穗購物中心敞亮的通道旁，良枝把頭前後左右轉了轉。

不好，我放在哪兒了？

心中所想不斷地化成聲音。她想要立刻確定嬰兒車，看看咲良的睡臉。不好，我一定是把嬰兒車留在「咪咪＆莎莉」裡面了。

陳列著一件不到一萬圓的廉價服飾的展示架區隔出許多通道，良枝確信嬰兒車一定就在其中一條，於是一一確認。這家店很小，可是哪兒都不見應該一眼就可以望見的嬰兒車。原本隱約刮擦著背部的不安一下子化成了真實。

不見了！

她慌張奔向收銀臺。「請問，」對化著辣妹妝的褐髮年輕女店員說話的聲音沙啞顫抖。

「請問妳有沒有看見嬰兒車？」

店員怔住，那不可靠的模樣令人焦急。或許嬰兒車是在剛才自己待的通道上。以為不見了，或許只是自己弄錯了。啊啊，神哪，嬰兒車千萬要在那裡。良枝覺得現在的每分每秒都珍貴得不容浪費，尖叫起來：

「嬰兒車！嬰兒車有沒有在店裡！」

良枝喊著，腳已經朝店外衝了出去。她回頭，望見面朝收銀臺擺放的人型模特兒穿著雪紡材質的上衣，一陣絕望：「啊啊。」最近她對看起來方便哺乳的前開式衣服很敏感，然而卻對只要走進店裡絕對會看到的這件上衣毫無印象。我今天沒有進來「咪咪＆莎莉」。我只看了外面的商品架，嬰兒車不可能在這種我根本沒進來的地方。

樓梯部分挑高的七穗購物中心天花板是玻璃材質的，刺眼的陽光如雨般傾注。天花板下以一定間隔排列的螢光燈更進一步明晃晃地照亮了這裡。在宛如不允許一絲陰霾的明亮中，顧客稀稀落落的平日白天的通道上，卻遍尋不找嬰兒車。相似的店鋪左右並排，踏在漫長的乳白色地板的腳瑟縮了。怎麼辦？她說出聲來。怎麼辦？怎麼辦？怎麼辦？

「嬰兒車上有嬰兒嗎？」

辣妹店員從剛才的店鋪走出來，從背後叫住良枝。怎麼辦怎麼辦怎麼辦，在腦袋被攪成一片混沌的狀態下，良枝點點頭說：「嗯。」

嬰兒。

被辣妹店員說的話所觸動，想起直到剛才應該都還看著的咲良那柔軟的嘴脣和尖細的三角型下巴，還有緊摟住她時暖呼呼的背，她哭出聲來：「咲良……」

會不會是被誰帶走了？想到這裡的瞬間，凍結般的恐懼籠罩了全身。前陣子她才看到有小孩在超市的兒童遊樂區被人抱走的新聞。血液從腦袋嘩的一聲流光，同時她覺得意識倏地遠去。

回過神時，身旁有兩名警衛，穿制服的中年人跟一個年輕人。良枝抓住年長的警衛手臂說「快幫我找」，結果右手和左手的無名指不自然地彎曲起來。被慢性腱鞘炎的鈍痛刺激，彎曲的手指這下子打不開了。剛生產沒多久，她就出現扳機指的症狀。每早醒來，關節就感到不適和疼痛，上星期醫師才說明那是腱鞘炎會有的症狀。一想到自己不斷地用發痛的手指和手腕支撐著咲良的頭，日積月累之下，先是左手，再來是右手變成了這樣，胸口就好像要被撕裂了。

「剛才還在的，咲良的嬰兒車。我沒有丟開它。我真的連一分鐘都沒有離開，可是卻不見了。怎麼辦？怎麼辦？」

每隔幾小時就被夜啼吵醒，睡眠被打得零零碎碎，眼睛已經好幾個月總是一片霧茫茫的狀態。「快幫我找。」良枝不停地訴說。「我也會找。」她叫道。積在眼睛底下的乳白色濃霧益發膨脹，臉頰、喉嚨，整張臉越來越燙。

一個戴眼鏡的男人，據說是七穗購物中心的總經理現身，把手放在良枝肩上問：「妳還好嗎？」她被帶到員工休息室的椅子坐下，腳抖得好似再也沒法站起來了。良枝低垂著頭，同時內心滿是想要立刻衝出去外面找的衝動。可是她不知道要從這偌大的購物中心的哪裡找起才好。這麼明亮，有這麼多員工，卻找不到咲良的嬰兒車。

「可能是拐帶幼童。」總經理說。

良枝瞪大眼睛抬頭，總經理露出「不妙」的表情，立時閉嘴，「我們正派人在找。」他接著說。

「要報警嗎？」

我被捲入了什麼犯罪嗎？良枝難以相信發生在自己身上的事。她應該沒有離開嬰兒車。自己絕對不會做出那種事。才一眨眼而已。才一眨眼，咲良就從良枝的手中溜走了。

她後悔今早、昨天、前天，幾乎每天都祈禱著能擺脫咲良。她後悔背對著催促的哭聲，一邊用冷水給牛奶降溫，一邊怒吼回去。早知道就不要奢求什麼想要一個人的時間了。

我再也不敢有要離開那孩子的念頭了。

呵噎呵噎，是咲良像貓叫般的哭聲。黑白分明，清澈透亮的眼睛、還未曾好好踏過地面的軟嫩腳底，這些直到剛才都還在身邊的，應該是自己的一部分的，現在卻不見了，難以置信。

「求求你們，快幫我找。」良枝哭泣，懇求。

「妳是不是該連絡一下家人比較好？」總經理建議，良枝慢吞吞地翻找皮包。這時她發現自己沒帶手機。沒有手機通訊錄，丈夫、娘家的母親電話她都不記得。她打了唯一會背的娘家室內電話，好像沒人在，無人接聽。

肩膀垂垮下來，眼睛明明睜著，眼前的世界卻好似陷入傾盆大雨中，逐漸變得陰沉。良枝打電話的時候，警衛進房間來，她以為找到咲良了，就要起身。然而警衛嚴肅的臉歉疚地不看良枝，只小聲跟總經理說了什麼。跟警衛談完後，總經理回到良枝這裡。

「打通了嗎？」

「我要回家才知道丈夫的電話。」

怎麼辦怎麼辦？她只能哭泣，吸起鼻涕。從剛才開始，脖子和臉頰就不住地起雞皮疙瘩。總經理的眼神變得同情。

「我看這樣好了，妳要不要先回家連絡一下親人？這邊我們會盡全力尋找。也會連絡保全公司，立刻調閱監視器畫面。」

良枝已經告訴過購物中心的人，她家距離這裡開車只要五分鐘。原本就是因為中意這樣的地理條件才買的房子。

良枝不想離開這裡，但聽到監視器，便感覺到一絲光明。只要看監視器，一定就可以馬上找到咲良。就像嘲笑現在擔心得要死、怕得要命的良枝，那孩子一下子就會被找到了。

「拜託你們了。」良枝又行禮。雖然不知道監視器設置在何處，但它一定拍到了失蹤前的咲良的嬰兒車。或許也拍到了擄走她的歹徒。

歹徒——化成文字一想，良枝又毛骨悚然。

咲良被陌生的對象帶走，現在在哪裡、怎麼了？她才十個月大。雖然已經開始會怕生了，但偶爾還是會對陌生人微笑。一陣暈眩。一想到那孩子跟不認識的別人在一起，良枝就快瘋了。如果那孩子有什麼萬一，我也不要活了。

好想聽聽丈夫的聲音。好希望快點有人知道咲良的下落。「求求你們，求求你們。」良枝一再低頭懇求，全力跑向車子。

神哪，拜託你，求求你。

良枝甩開竄遍全身的沉重肌肉痠痛，心中吶喊似地祈禱。祈禱聲彷彿在暴風雨中呼嘯的風或浪濤般響著，逐漸麻痺了腦袋。

把咲良還給我。為了那孩子，我什麼都願意做。只要把那孩子平安還給我，我什麼都願意做。我絕對不會再放開她。豆大的淚珠簌簌滑下臉頰，滴在裙上。握住方向盤的手被汗與眼淚沾溼了。小轎車後車座載著空掉的嬰兒座，朝家裡駛去。

2

良枝一直很想要孩子。

二十六歲時，她與同年的學結婚，婚後已經過了三個年頭。

當時發生了一起兒童失蹤案，在一處地方都市的百貨公司，三歲的女童說要去廁所，與父母分開行動，就此下落不明。警方展開搜查，但不到一個星期，女童就被人發現陳屍在附近的河邊。女童是遭到變態綁架。報導中說凶手是當地上班族，為了猥褻目的而拐帶女童，由於被女童看到面貌，怕事後遭指認，因而痛下殺手。

好像也有人指責父母太不負責任，不應該讓小孩落單，但歹徒以蛇蠍般的執著在女廁前埋伏了三個小時以上，物色可以下手的女童。面對那樣的惡意，又有誰能夠責備父母？

既然都要殺，他們不曉得有多希望凶手至少把孩子還給他們——良枝同情那對失去無可取代的骨肉的父母。

然而另一方面，她也設想若是自己會怎麼做？如果自己有了孩子，絕對不會有半分半秒讓孩子離開視線。只要自己能有孩子，要她做什麼都願意。只要孩子出生，就算自己全部犧牲也無所謂。所以請上天賜給我孩子吧——良枝每天祈禱著。

唯獨這事，只能順其自然呀——學那不在乎的聲音，良枝至今無法忘懷。

良枝在高中朋友天野千波的婚宴上，見到了許久不見的老同學照井理彩。婚禮開始前，她們在休息室喝著迎賓飲料的時候，理彩的話讓良枝驚嚇極了。

「他好像想要快點有小孩，可是我的工作至少還得忙上三年，所以要他再等等。」

理彩任職於常在女性雜誌上看到的海外名牌的青山分店，她提過自己的業績很不錯，所以進公司第三年就已經升了主任。

良枝困惑地抬頭：

「滿稀罕的呢。」

「什麼東西稀罕?」

「一般說要小孩，都是老公不願意不是嗎?像我家那口子，一點勁也沒有。說什麼順其自然就好，還不用急。」

「咦，是嗎?我身邊都相反耶。大家都像我家這樣，被老公催著要小孩，煩死了。」

看到理彩驚訝回答的樣子，良枝胸口變得沉重。或許理彩不是在炫耀，但聽起來就像在誇耀她和老公的感情。理彩和她的朋友都對這樣的幸福毫無自覺，良枝覺得她們實在太傷人了，包括沒有自覺這點在內。「好好喲。」她忍不住說。理彩納悶地說：

「真意外。妳老公跟妳交往的時候，感覺他對妳是百依百順，我還以為他是那種會快點想要小孩的型。」

「才不是哩。」

在同一所大學認識的學，一開始確實是熱烈追求，但不管是同居還是結婚，都是良枝開的口。每次要踏入新的階段時，學總是毫無緊張感，急什麼嘛，還早嘛。

理彩結婚得也比良枝晚。她結婚應該也已經一年了，卻覺得參加她的婚宴是才最近的事。

良枝無所事事地轉著手中的雞尾酒杯，坐在洛可可風的厚墊椅子上，總覺得浮躁不安。

在公司，她也碰巧才聽到同期的坂井真實奉子成婚的消息。大家都說她的婚事是「喜上加喜」，祝福著她，她要請產假時，上司等主管也為她安排雇用派遣員工，填補她的空缺，這些讓良枝看在眼裡，也覺得無地自容。

「啊，那良枝妳是已經在考慮生孩子囉？」

見良枝不吭聲了，理枝開口問。良枝點點頭，心想她一直一直好想要孩子。

剛結婚的時候，她確實覺得還不用急。是在何時變成了「一直想要」，良枝自己也不明白。

身邊正值生產潮、育兒潮。在朋友之中，良枝算是結婚得早的。然而她卻接到比自己晚婚的朋友寄來的電郵報告：「我們有喜了」、「這是我們的愛情結晶」，還附上笑臉符號，閃亮刺眼。最初的一兩次她還能由衷祝福，但漸漸地每次接到這種通知，她就萌生疑念，懷疑對方是在露骨地賣弄誇耀，還是雖然客氣，但還是非要通知她不可。

在茨城與公婆同住的學的兄嫂有個三歲的兒子。學非常疼愛那個姪子。然而嫂嫂皐月卻在廚房排油煙機底下抽著菸，滿不在乎地對來玩的良枝說「真不該生什麼小孩的」。

「晚上都不能出去玩了，每天都忙得要死。良枝啊，妳要好好把握現在一個人的好日子啊。」

這樣喲——良枝應著，內心氣憤地心想這人怎麼這麼沒神經。抱怨歸抱怨，皐月還是會跟住當地的同學出去喝酒，應該「忙得要死」的育兒工作和家事大部分好像都丟給婆婆。不得媽媽疼的姪子或許是出於寂寞，每次學和良枝回老家時，就會口齒不清地說著「我要玩」，纏著他們不放。一開始每次去婆家都得顧小孩，讓良枝覺得很受不了，但一旦被孩子喜歡上，實在是很令人開心的事，良枝和學為了見姪子而回老家的機會增加了。

良枝替嫂嫂哄姪子入睡，心裡想著自己比她更適合當母親多了。嫂嫂怎麼能丟下這麼可愛的孩子跑出去玩呢？

然而到了深夜，一聽到嫂嫂回家在玄關脫鞋的聲音，原本在睡覺的姪子眼睛一睜，拚命地叫著「媽媽！」衝向皐月。看到這個景象，良枝一個人被拋在床上，內心一陣揪緊。

「自己的孩子更可愛喲。」

良枝陪姪子玩時，婆婆常在一旁說。

公公婆婆都常問他們孩子的事。感覺也不是在催促，而且他們只是單純地陳述希望，覺得再添個孫子應該會更熱鬧罷了。儘管知道，但他們那種天真無邪的輕鬆態度卻令良枝沮喪到谷底。

不久前過年，嫂嫂懷了第二胎。像這樣有意識地去看，什麼少子化社會，簡直是胡說八道，聽到的淨是懷孕生產的消息。

回想起這些，在丈夫面前流不出來的淚水灼熱地在眼角膨脹起來。

不好——良枝按住眼頭，掩住了臉。理彩嚇了一跳，從旁邊站起來捉住良枝的手，「喂，良枝？」良枝拒絕似地默默搖頭。

「新娘請進會場。」會場員工提醒的聲音傳來。理彩為難地小聲說：「婚禮要開始了。」可是淚水止不住地流。

「如果今年不生孩子，就很難請產假跟育嬰假了。」

良枝坦白情況。

她現在擔任的是會計的行政人員，異於之前的業務工作，不用加班，也不用在外面跑業務，她認為這是生產後回歸職場時的理想職務。她請產假和育嬰假而請派遣員工填補空缺時，如果配合四月的人事異動期，對同事造成的負擔也比較小。萬一下次人事異動被調到更忙的部門，她就沒有機會提出請假的要求了。

她從去年就一直在思考什麼時候才是最不會給職場添麻煩的生產時期，然而同期同事卻不管那麼多，一下子就請了產假。雖然她是別的部門，但如果自己也在同一年請產假，光是這樣，上司和同事對良枝的評價也會變差吧。她覺得被搶先一步，只有自己倒楣地抽到了壞籤。

已經九月了。

被理彩領往婚宴會場的途中，良枝繼續說著。理彩擔心地看著她，「嗯嗯」地附和聆聽。良枝說著說著，發現：原來如此，我是想要向人傾訴啊，原來我被逼得這麼緊啊。

「妳去醫院看過了嗎？」

坐下來後，理彩有些客氣地問，良枝點了點頭。

「我心想或許問題出在我，去檢查過了。可是檢查結果好像沒什麼問題，醫生也叫我順其自然。如果還是不行，再請老公過來，採取更積極一點的做法。」

從第一次去醫院的那天開始，良枝就記錄基礎體溫。可是每天早上良枝急急伸手摸起枕邊的體溫計含住時，身旁的學卻事不關己似地沉睡不起。醫院良枝雖只去了兩趟，但每次都是良枝內疚地向公司請假挪時間一個人去。

「那暫時就沒問題了吧。」

「可是反過來說，如果有問題，治療就行了，但要全靠自己的話，就只能聽天由命了不是嗎？」

為了懷孕，良枝也一再懇求丈夫付出努力。她叫他留意健康，戒菸，不要每天喝啤酒，但良枝知道學在背地裡躲著抽菸。

「我說良枝啊，妳從以前開始，對人生的看法就是一個階段再一個階段，是不是沒有考慮過應該要有平臺啊？」

「什麼意思？」

理彩臉上浮現苦笑般的笑容說：

「覺得該交男朋友，於是交男朋友了。既然交往就該同居，於是同居了。既然同居就該結婚，於是結婚了。感覺總是不斷地往前進，似乎沒有每一階段中間空閒的平臺部分。像我，因為不怎麼想要孩子，所以到現在都還只想享受在平臺的時光。」

良枝不懂理彩的意思。不管是誰，人生不都是一個階段又一個階段，一步又一步地前進嗎？

「我覺得現在對妳而言，應該是人生的第一個平臺吧？事與願違或許是一種壓力，不過既然如此，乾脆就享受小倆口的時光怎麼樣？照這樣下去，妳會覺得既然結婚就該生小孩，既然有小孩就該買房子，又會只想著該怎麼爬上下一個階段了。」

「啊，房子的事我已經在考慮了。學說老想孩子的事也沒有結論，雖然或許還早，不過可以先想想房子的事。」

思考房子的事，的確可以轉換心情，輕鬆一些。可是一想到兒童房的位置和大小，亢奮的下一瞬間又覺得不知何時才能實現，便消沉下去。

理彩不說話了。良枝又泫然欲泣。

不覺得很過分嗎？良枝望過去，理彩只是曖昧地微笑。一會兒後，她拿著送來的紅酒說：

「可是你們公司福利很好吧？產假跟育嬰假應該都有吧？」

「產假是從生產前兩個月就可以請，育嬰假只要申請，最多可以請三年。」

「這麼久!?好棒的公司喲。那段期間，妳不在的空缺要怎麼辦？」

「會僱派遣員工幫忙。」

良枝工作的大型食品企業販賣標榜健康美容的自然食品和加工食品，或許是受到延壽飲食、樂活等風潮推波助瀾，即使在不景氣之中，營收也蒸蒸日上。社內環境對女性員工友善，或許也和現任社長是女性有關係。可是我又不是要說這些——良枝覺得不耐煩。

良枝還想要對方多聽一點，但這時女主持人宣布婚宴即將開始。「啊，開始了。」理彩說。

照明轉弱，眾人拍手迎接隨著音樂進場的新郎新娘，「千波好漂亮。」良枝與理彩說。良枝把相機對著身穿婚紗的新娘，然而看著小畫面裡的千波，內心卻一陣激盪。千波是保母，而且常說她喜歡小孩。或許她也會很快就懷孕了。或者只是沒說出來，其實已經……。

這麼一想，不安便從心底深處一點一滴地湧了上來。

3

參加天野千波婚禮後的兩個月又三天，十一月十三日，良枝發現自己懷孕了。她沒有使用荷爾蒙或排卵藥，而是照著醫師指示，自然等待。生理期的預定日過去，用市售的驗孕棒驗出陽性反應時，良枝因為太高興了，害怕可能驗錯，又驗了一次。那天是星期六的晚上。她迫不及待地等待星期一早上醫院開門。

她不是去諮詢不孕的私人診所，而是去網路評價很好的兩站以外的綜合醫院婦產科。然而一反期待，醫師出示超音波的內診畫面，指著白色的圓狀陰影說「還要再看看」，那聲音顯得不可靠極了。

「只有九公釐，大概三星期吧。應該能順利成長，兩星期後再來看看。」

如果無法確認胎兒心跳，好像就不能確診是懷孕。不是懷孕嗎？還不能高興嗎？良枝正在困惑，醫師或許是從她的表情看出了什麼，彌補似地說了句：「啊，恭喜。」

她本來還以為醫師會更開心地告訴她：「妳有喜了！」

不過至少醫師還是說了「恭喜」，兩星期後一定能確定懷孕才是。良枝想著，卻覺得接下來的兩個星期漫長得不得了。

昨天良枝就已經在家中月曆的今天寫上「第一次看診」。從醫院回來後，她在底下追加了幾個字：「九公釐，三週」。

她有股衝動，想要立刻翻開下一頁寫上「第一個月紀念日」、「第二個月紀念日」、「第三個月」、「第四個月」，然後是預產期。她都已經準備好貼紙要貼在旁邊了。

兩星期後就診看到的畫面上，上次的渾圓影子這次變得又扁又長。她以為心跳是撲通撲通慢慢地跳，實際上卻是又快又急的顫音般聲響。

她以為醫生這次一定會說「確定懷孕了」，但可能因為是大醫院，這次的醫生不是上次那一個，他以為良枝已經被確診懷孕了，只冷淡地說「下次來確定預產期吧」。良枝就這樣錯失了歡天喜地的時機，總之自己的懷孕好像確定了。

「預產期好像還要再等兩星期才能決定，決定以後，也還不能拿到母子手冊。明明網路上說幾乎所有的醫生都是在第二次就診就決定預產期的。還不能拿到電車上看到的『我肚子裡有小寶寶』的孕婦貼紙嗎？」

良枝對丈夫埋怨，但學卻很樂觀：「可是太好了，真的太好了。」看到他單純地開心的模樣，良枝感到幸福，心想雖然他對小孩不是那麼積極，但也是很高興的。不過也沒有高興到又叫又跳。

「那這樣洗澡後的啤酒可以增加到兩罐了吧？」

廚房傳來開冰箱的學那牛頭不對馬嘴的應話。

雖然也不是因為聽到確診的緣故，但第二次就診的隔天開始，良枝就嚴重孕吐起來。結果一直到生產，即使進入穩定期後，她仍然不斷地嘔吐。

良枝原本就幾乎滴酒不沾，所以不了解，但她心想宿醉或許就類似這種噁心的感覺。胃部不舒服極了，卻又同時有股飢餓感，好想吃白米那類能填飽肚子的食物。吃不下多少，卻動不動就肚子餓，無論有沒有吃，都一樣頻頻作嘔。總之整個人又睏又倦。她還曾經在下班回家的電車突然貧血坐倒，被扶到站員室去。

她傳簡訊給朋友說，若是沒有一直想要孩子而期盼懷孕的喜悅，實在是無法承受這種苦。能向眾人報告懷孕的消息和過程，她開心極了。

她為了別的事寫電郵給在天野千波的婚宴見面的照井理彩時，附上一句「我家的小鬼頭已經六公分大了」，理彩驚訝地回信：「咦!?妳懷孕了嗎？」良枝發現那個時候跟理彩商量以後就沒再連絡，正式向她報告：「是啊！託妳的福。」

真想快點請產假。

良枝的父母還有公婆都很期待良枝生產。回去學的老家時，學會「堂弟」這個詞的姪子摸著良枝日漸渾圓的肚子說：「裡面有堂弟嗎？」令她感動萬分。婆婆也很關心懷孕中的良枝，慰勞她說：「得一直工作到八個月，真辛苦。妳真是努力。」

良枝與在公婆家當家庭主婦的嫂嫂不一樣，連和嬰兒一起生活的新居都得自己去找，而且今後也得支付新房子的房貸。什麼都不用煩惱，可以輕輕鬆鬆懷孕的嫂嫂真教人羨慕。

即將請產假，整理職場辦公桌時，一想到接下來的一整年都不用工作，她便對今後的生活心生期待。同時就要離開職場的最後一天也令她依依不捨，寂寞得都掉了淚。

夫家已經有長孫了，但對娘家來說，良枝的孩子是第一個孫子。她聽從母親回故鄉待產的建議，回去靜岡的娘家，在母親找到的風評不錯的助產所由父母接送看診。良枝有駕照，但父母都堅持不讓孕婦的良枝開車。父母無法接送的日子，就搭計程車回家。

「預產期是什麼時候？」

一天，計程車的司機攀談說。

就算沒有孕婦貼紙，看到良枝明顯隆起的肚子，周圍也經常這麼問她了。

「下個月就要生了。」

「這樣啊。我們家也是夏天生的，夏天出生的孩子特別壯喲。已經知道是男生還是女生了嗎？」

「是女生。」

良枝覺得當孕婦的時間格外令人珍惜。生產過的朋友都來信說：「再不久就要生了，好好珍惜母子一體的寶貴時間吧。」事實上，孩子出生以後會有多忙，她真是不敢想像。

「我是很期待，不過這是第一胎，多少覺得不安。」

良枝回答，司機透過後照鏡看了良枝一眼，然後說：「不會有事的，大家都是這樣過來的。」

「就是啊。」良枝回道，下了計程車後，玩味司機說的話。這樣啊，她兀自點點頭。大家都是這樣過來的。

在東京看診的綜合醫院對於孕期的營養管理和體重限制非常嚴格，但思想傳統的祖母和母親為了讓良枝多多攝取營養，每天餐桌上都擺滿了母親親手做的五花八門料理。

如果能受到這樣的疼惜照顧，一直當孕婦也不錯——良枝忽然想。進入產假以後，她第一次感覺到平日的白晝時間是如此珍貴。看診後，她在助產所附近的義大利餐廳邊用午餐邊寫母子手冊和日記。她撫摸著臨月的肚子，環顧時髦的店內裝潢，內心想：我還能來這裡幾次呢？將成為母親的恐懼，還有即將造訪的決定性的生活變化，她都已經有了心理準備。今後應該無法夫妻倆一道出門約會，或是去時髦的餐廳外食，髮廊和電影院也沒辦法自由前往了。

4

超過預產期兩天才來的陣痛持續了十七個小時。歷經背骨被敲碎般的劇痛之後，第一眼看到助產士抱過來的咲良時的感動，是過去的人生中任何喜悅都難以取代的。咲良可愛得不得了。從今天開始，我就是這孩子的母親了。她渾身大汗，頭髮亂成一團，但咲良一道哭聲，就把她生產後的疲倦全給融化了。面對這可愛的孩子，餐廳、髮廊、購物中心，全都成了微不足道的事。什麼都不可惜。把今後這幾年獻給咲良，根本算不了什麼。

每個人看到咲良，都異口同聲說她像父親。異於良枝的雙眼皮、瓜子臉，咲良是單眼皮圓臉。

良枝提議要把孩子取名為咲良時，學說：「咦？我們家也要取這種名字喲？」良枝吃了一驚，然後大失所望。

「什麼叫這種名字？」

反問的聲音又冷又硬，簡直不像自己的聲音。

「咲良這名字不是很常見嗎？很可愛呀。我想了很久耶。最近很多小孩的名字都是筆畫一大堆，看了也不曉得該怎麼唸，太可憐了，所以我決定要取個一看就唸得出來的名字。」

「可是看到『咲良』兩個字，知道要唸成『SAKURA』的人，我覺得應該沒有幾個耶。而且春天生的也就罷了，她是夏天出生的耶❺。再說，『良』可以唸成『RA』嗎？」

「你不曉得這個唸法嗎？」

良枝皺起眉頭。她訂購的孕婦雜誌裡有個附照片介紹新生兒的單元，在那裡頭，這是理所當然的讀法。丈夫的無知和遲鈍令她憎恨。

「咲良的『良』就是良枝的『良』。」

這是個很女孩子氣的可愛名字。在良枝心中，這孩子已經是咲良了。她一直這麼呼喚孩子，手冊上也已經這麼寫了。

「也不是說不行啦。」

學急忙打圓場似地說。但現在才討好也已經遲了。名字被挑剔，把良枝氣壞了，她氣憤地沉默，不理會學。

她認為她知道學說的「這種名字」指的是哪種名字。就是「龍來亞（RUKIA）」、「乃繪琉（NOERU）」這類筆畫多讀音又特殊的名字。她覺得這種名字經常出現在可怕的虐童新聞裡，也常和還沒有長大的小媽媽、同居男友、待業這些字眼連結在一起。她曾在電視上看到教育界的名嘴評論「現代人給小孩取名字的感性，跟給寵物取名沒有兩樣」。她覺得很不甘心，覺得那樣做的明明只有少數一部分的人。然而即使只有一瞬間，學居然把我們的寶貝女兒看作跟那種人一樣，良枝無法原諒丈夫。

剛出生的咲良，從呱呱落地起就是個愛哭鬼，住院的時候，咲良晚上寄放在護理站裡。

❺譯註：「咲良」的名字發音，與日文中的「櫻花」相同。

出院回家以後，良枝的父母和祖母都喊孫女和曾孫女「小咲」，寵溺有加。只要一有空，就去咲良和良枝睡覺的房間抱起開始呀呀學語的咲良，捏捏她的下巴並撫摸她。大家都說沒看過這麼可愛的嬰兒。

生產後坐月子的期間，良枝想在娘家悠閒地度過，然而剛出院時母親還溫柔地說：「生產等於是受了傷，要好好休息。」過了三星期之後卻嚴厲地定下期限：「一個月後就該回家了。」

「學，偶爾要帶良枝和咲良一起回娘家呀。萬一良枝突然爆發，對小咲做什麼就糟了。」

母親開玩笑地說，笑著送她們離開。要離開那麼疼愛的孫女，母親應該也覺得寂寞萬分吧。即使如此還是把女兒還給女婿，良枝覺得父母的態度很正確。

在學前來迎接的車子後座，良枝坐在嬰兒座旁，望著遠去的故鄉景色。離開住了近三個月的娘家的寂寞，還有往後生活的不安，讓她的心難以平靜。

愛哭鬼咲良在娘家的一個月期間，每天晚上每隔一小時就夜啼；育嬰書籍和網路上說哺乳時間「間隔會漸漸拉長」，卻也一點都沒有要變長的跡象。在娘家的生活有母親幫忙清洗尿布，在東京的公寓，良枝實在提不起勁親手一一洗滌。她覺得無助，但已經沒有退路了。孩子已經生下來了，從今而後，她需要良枝的扶持才活得下去。而良枝則體會到與嬰兒在一起的生活就是這種一刻都不得疏忽的溝通。

已經開始了。

良枝回到東京的公寓當天，母親就打電話來問：「平安到家了嗎？」母親的聲音聽起來有點帶淚。

「有小咲在身邊的日子雖然忙亂，可是每天都很快樂呢。」

講電話的時候，咲良在一旁哭了起來，良枝把話筒湊過去說：「聽到了嗎？」母親開心得近乎誇張：「才剛過一天，就已經開始想念小咲了。」明明咲良聽不懂，母親卻在電話另一頭呼喚她的名字。

「聽到了嗎？小咲，是奶奶喲。小咲，今後要乖乖聽媽媽的話喲。」

聽到母親開心的呼喚，良枝又快掉眼淚了。「我會再打去。」良枝應著，忽然理解到自己是在美好的家庭成長的孩子。

父母和祖母對待、疼愛、呵護咲良的方式，應該就是良枝出生時所受到的待遇吧。

自己以前備受呵護疼愛，是他們的掌上明珠。透過自己的女兒，良枝看到了近三十年前的那個情景。

5

在七穗購物中心附近買下的三房二廳一廚的公寓，小得跟獨棟獨戶的娘家完全不能比，也沒有寬闊庭院的開放感，但三個人住，大小已經足夠。不過由於買在埼玉的郊外，離丈夫位在都心的職場相當遠，學回家的時間也必然變晚了。

習慣之前可能會很辛苦——新生活完全就像母親和祖母所擔心的那樣，良枝怎麼樣就是習慣不了新的環境。

育兒或許應該要在良枝成長的那種人多的鄉下進行。不得不與良枝兩個人單獨待在狹窄室內的咲良很可憐，剛回來的　個月哭了好幾次。

如果待在娘家，就可以在規律的時間起床，吃母親準備的三餐，在母親幫忙下為咲良洗澡，在固定時間入睡。咲良也可以讓許多家人輪流逗弄擁抱，但只有每天忙著做家事的良枝，還有回家時間不固定，而且常與同事喝酒回來的學，咲良根本無法得到足夠的陪伴。明明在娘家的時候，咲良是那樣被大家爭先恐後搶著擁抱，受到公主般的對待。

「啊啊啊啊啊！啊啊啊啊啊！」即使知道咲良在黑暗的臥房哭叫著伸手呼喚自己，但一旦開火動手下廚，就沒法半途中斷。平日的白天，好好哄過、哺乳，總算睡著後放到床上，準備動手洗衣服的瞬間，咲良又哭了起來，吵著要良枝。因為也沒有發燒或什麼緊急狀況，暫時任由她哭也沒關係，但儘管腦袋明白，只是放任不理，就令良枝充滿罪惡感。

對不起喲，妳很想念奶奶她們對吧？良枝想起娘家，又掉下眼淚。

咲良的聲音很大。

尤其是肚子餓吵著要吃奶的聲音簡直像恐龍，「嘎啊啊！嘎啊啊！」地哭叫的聲音彷彿在威脅良枝。「好好好，來了！」「小咲真是個貪吃鬼。」本來良枝還會像這樣邊哄咲良邊跟她說話，但是身旁沒有聆聽的觀眾，說話的次數自然也減少了。她默默地抬起咲良沉重的頭，用發痛的手腕摟著她的身體，把乳頭塞進她的嘴巴。定期發作的乳腺炎引起一陣劇痛，可是要促進母乳分泌，緩和疼痛，又只能要咲良多喝奶。乳房總是又熱又脹，難受極了。

「嘎啊啊啊」的哭聲在腦袋中央隆隆振動。這種時候良枝總是覺得連鼓膜都要破了。即使咲良靜靜地睡著，她也無時無刻擔心她是不是確實地在呼吸，如果丟下咲良去看電視或看雜誌，她就覺得自己在偷懶，而感到心神不寧。這種時候，平時嫌窄的公寓房間總是讓她覺得大到無助。雖然得勉力舉起沉重的手腕，但只有哺乳的時候，她的內心才會因為完成義務而安下心來。

學每天都很晚才回家。

十點過後回來的學，走近總算入睡的咲良床邊，歌唱似地喊著她的名字，就要抱起她時，良枝忍不住出聲：「不要鬧她！」學以為她剛才花了多少時間餵她喝奶，哄她睡下？而且今天晚上也不曉得什麼時候又會被她的哭鬧吵醒。

「我工作那麼累，回家以後抱一下咲良安慰一下會怎樣喲？」

學嘛起嘴巴說，「可是……」良枝頂回去。像他那樣只想挑好處揀，可以原諒嗎？就算被夜啼吵醒，可以讓純餵母乳的咲良停止哭泣的也只有良枝，學總是推說他還得上班，絕對不會起身幫忙哄。不僅如此，他甚至還低聲抱怨過「吵死了」。雖然說得像夢話，但那絕對不是夢話。

原本每小時一次的夜啼在出生半年後，減少為三小時一次了，但嬰兒依舊以機器般的精準在相同的間隔醒來。良枝聽著身旁的咲良鬧脾氣的聲音，腦袋想著得換尿布才行、得哺乳才行。雖然早點起來比較好，但在她大哭起來之前，再睡一下也行吧。再五分鐘就好……。

換好尿布，沾上藥用肥皂水洗手，好了，接下來要哺乳了——良枝回到臥房抱起咲良，然而一成不變的哭叫聲卻一點都沒有要停止的跡象，遠遠地不斷傳來，令她不可思議極了。良枝奇怪地眨眼，咲良哭得漲紅的臉映入眼簾。她發現剛才換尿布洗手，全都是自己站著睡著做的白日夢。啊，本來以為只剩下哺乳了，這下又得從換尿布開始。日復一日，都是這樣的情形。

她在網上看到超市的塑膠袋搓揉聲可以防止夜啼。好像是因為那聲音近似母親胎內的心跳聲和血流聲，嬰兒聽了會感到安心。良枝半信半疑地試驗，原本哭得那麼厲害的咲良竟一下子不哭了。真開心。她覺得還幾乎無法溝通的咲良第一次回應了她。肚子餓、脾氣鬧得太凶時沒有效，但這個技巧讓良枝得意極了，她把磨擦塑膠袋的聲音錄起來，用電腦設定成不斷重播。

「這樣咲良就不會哭了，你也可以試試。」良枝教丈夫，學苦笑著搖搖頭說：「不用了，我不想像那樣偷懶。我會好好把她抱起來哄。」

就在那時候，腱鞘炎引發的手腕疼痛開始變成慢性疼痛。早上起床，左半身就有種變成了石頭裂開般的感覺。懷孕的時候，周圍的人都不讓孕婦搬重物，然而一旦生產，每天都得隨時抱著三公斤重的嬰兒。出生時三一一五公克重的咲良，兩個月後重量變成了兩倍。

良枝聞言頓時面無表情，學急忙補充說：「不過妳每天都一整天陪咲良，偶爾放鬆一下沒關係啦。」

與咲良的生活，一切都是第一次，是一連串的緊張。在只有兩人的家中，即使想要一起洗澡，也不曉得自己在洗澡和洗頭髮的時候，該怎麼處置還不會自己坐的咲良。在娘家買的嬰兒沐浴用澡盆，她選了以後可以當椅子用的小尺寸，可是擺在狹窄的浴室裡，良枝沖洗身體時，水還是會淋到咲良頭上，而且咲良的脖子都還沒長硬，良枝實在不想讓她坐著。

結果良枝只能草草沖澡算數，然後再帶睡著了的咲良一起洗。一開始把咲良一個人丟在無人的房間去洗澡，讓她害怕得不得了。蓮蓬頭一開，那孩子的哭聲就會被水聲蓋過，聽不到了。萬一她在我沖澡時出事怎麼辦？可是每次洗澡都要上演一次的緊張，在每天的反覆之中也自然地漸漸沒那麼在乎了。她也不再感到罪惡，反正只有短短幾十分鐘而已。不再擔心以後，反而對之前那麼害怕離開咲良、那麼神經質感到不可思議了。浴室距離嬰兒床才幾公尺遠而已。

或許母親就是像這樣一點一滴地對各種事情變得大膽、習慣——可以從容地泡澡的時候，良枝望著蒸氣迷濛的天花板心想。

去七穗購物中心買東西時，第一次也是緊張萬分。

一個人應該沒什麼的購物，光是帶上咲良，一切就都變得不同了。放在嬰兒背帶裡抱著走，還是坐嬰兒車推著走，是不是都會給周圍的人添麻煩？萬一咲良哭起來怎麼辦？良枝每次都膽戰心驚，只匆匆買了食材，就急急忙忙回車子了。過了好久一段日子，她才敢從食品和生活雜貨的一樓移動到二樓的女性服飾賣場。雖然不能逛太久，但還是漸漸變得從容，可以逛逛櫥窗。

一天，良枝在二樓的店裡看到可愛的髮束。咲良出生後，她平日只在七穗購物中心和自家往返，與人見面的機會也減少了。雖然她不想買新的衣服，但頭髮每天都會綁。天鵝絨光澤布料的寬幅髮束，緞帶周圍有金色鑲邊，看起來不錯——良枝伸手的瞬間，應該在嬰兒車裡睡覺的咲良突然放聲大哭起來。原本難得安安靜靜，半聲不吭，現在卻哭得激烈極了，簡直就像被蟲給螫了似的。

「怎麼了？怎麼了？」良枝一邊問著，一邊窺看嬰兒車裡面。店裡面的客人和店員都納悶到底出了什麼事，望向良枝這裡。良枝慌慌張張地離開了。她並沒有想要像單身的時候那樣去逛名牌，或是去精品店、百貨公司。她只是在七穗購物中心，在當地的女高中生會逛的那種廉價飾品店想買一樣雜貨罷了——胸口陣陣刺痛。回到停車場的時候，咲良已經哭累睡著了，但良枝不想再回到剛才因為咲良大哭而受到眾人注目的那家店裡。

把咲良抱上嬰兒座時，微微睜眼、露出白眼的咲良忽然冒出鬆餅上的奶油融化般的甜蜜笑容。看到她那張表情，髮束和購物、還有剛才她大哭造成困擾的事，全都變得無所謂了。把臉湊上去，便聞到混合了奶水和嬰兒香皂氣味的咲良香味。

實際上咲良很可愛。

有一天良枝去看牙醫，在治療中打了麻醉，這段期間不能哺乳，所以換成奶粉。原本可以盡情吸食的奶頭被沒收，咲良哭著一次又一次把握成拳頭的手塞進自己的嘴巴舔著，沒多久就累得睡著了。她那個模樣教人疼惜極了，舉起雙手呈W字的睡姿，還有反射性地抓握空氣的動作可愛無比，真希望她多做幾次。用拳頭搖鈴鐺似的招財貓動作，還有發現陌生東西時把頭一擺一擺的動作，都教人百看不厭。睡覺的時候，如果良枝躺到旁邊，她就會把手探進胸脯找乳頭。

良枝為了工作忙碌的學，在咲良差不多該學會翻身的時候，把攝影機固定在咲良的床上整天開著。回家後的學看到咲良在鏡頭前翻來翻去的模樣，說著：「好厲害，長大了呢！」讓良枝感動得眼睛一熱：啊啊，太好了。

咲良是良枝的天使。

可是抱住夜啼的咲良，良枝覺得這樣的時光好似將這樣永遠持續下去。毫無變化地，只有良枝和咲良兩個人，一天開始，一天又結束。星期的感覺消失，注意到時已經星期五了，心想：啊，明天開始丈夫會在家兩天。一成不變的每個星期像這樣累積著，然後過去。

6

這是良枝在天野千波的婚禮後第一次與照井理彩見面。

理彩連絡說她因為工作的關係會來到附近。良枝到車站去接她，招待她到家裡玩。她以為理彩應該不喜歡小孩，沒想到她笑著對兒童座上的咲良招呼「妳好」，頗開心的樣子，鬆了一口氣。

「好漂亮！新公寓果然棒，我們也該考慮一下了呢。」

理彩一進玄關就說。

「謝謝。」良枝應道。「其實是想蓋一棟有庭院的房子，不過我跟學商量後，決定小咲還小的時候住公寓就好了。」

良枝請理彩到擺滿嬰兒用品的客廳，泡了無咖啡因的茶。理彩環顧房間說：

「這個杯墊是鉤針作品？難道是妳自己做的？」
「嗯，做的不太好。」
「哪會！超精緻、超漂亮的！那個有咲良名字的座墊也是嗎？」
「啊，那是現成的座墊，把名字刺繡上去而已。」
好久沒有客人來了。
趁著上午做的香蕉重奶油蛋糕，理彩邊吃邊稱讚。色調柔和的木製家具、貼在冰箱上的手作磁鐵、陽臺上種的羅勒和薄荷，理彩都稱讚很有良枝家的味道。
「真好。良枝真的是個完美主婦。待在這裡呀，我都想跟我家老公道歉了，說抱歉你老婆是這種德行。」
「才沒那回事呢，理彩在工作上很活躍，很棒呀。」
「也還好啦。今天也是，只是說要在百貨公司設櫃，就跟現場負責人吵起來了。」
理彩把手放在肩上，邊嘆氣邊說，良枝聽了，想起一件事：
「啊，這麼說來，那家百貨公司對幼兒超不友善的。上次去的時候，廁所的尿布臺壞了，不能用耶。雖然上面貼了張紙叫客人去其他樓層，可是他們怎麼可以丟著不修？」

結果害良枝得在馬桶蓋上鋪毛巾換尿布，但咲良大哭大鬧，花了好久才安撫她。

「生了小孩以後，觀點完全變成父母了。像是電梯標示記號還是段差、斜坡，對輪椅記號也變得很敏感。」

「……這樣啊。白天基本上只有妳跟咲良兩個人吧？還好吧？妳在這附近也沒什麼朋友吧？」

「嗯。以前的朋友幾乎都在都內，所以今天妳來找我，我真的很高興。」

良枝這麼回答，理彩面露有些複雜的笑容說：「這樣啊？」

良枝也去過市內的兒童館，期待或許能結交一些媽媽朋友，但那裡的母親都已經有了自己的小圈子，要突然向她們搭訕，門檻太高。儘管知道要在那種地方結交朋友，只能不斷地去，成為熟面孔，但一旦退縮，實在很難再去第二次。雖然這棟公寓是自己主動希望買下的，但她已經不曉得後悔過多少次為什麼要搬家了。

進入十月以後，咲良開始會走了，更不能有半刻疏忽。還有咲良的哭聲依舊一樣大、液晶螢幕異於映像管電視，完全經不起小孩子惡作劇——良枝指著畫面上的手印一一嘆道。她抱怨咲良還是一樣半夜啼哭，沒想到晚上無法睡覺有這麼痛苦，理彩聞言誇張地皺起眉頭說：

「哇，真辛苦。我最喜歡睡覺了，絕對沒辦法帶小孩。」

「咲良對蛋類有點過敏，所以連我都得過著完全禁食雞蛋的生活呢。因為萬一跑進母乳就不好了。像這樣一看，不管是麵包還是蛋糕，世上幾乎所有的東西都有雞蛋，不能吃的東西一下子變多了。」

「真的嗎？對不起，我應該送妳無蛋麵包之類的才對。」

「啊，沒關係沒關係，學可以吃。」

良枝把理彩送的餅乾盛盤後放到桌上說「妳吃」，理彩「啊，嗯」地點點頭，但不管是餅乾還是蛋糕，都沒有再繼續多吃。為了做香蕉重奶油蛋糕而買的雞蛋，是良枝家好久沒出現的蛋。

「如果只是為了我自己，實在沒辦法忍受，但小孩子被這樣抓著當人質，真的沒法不乖乖遵守呢。」

良枝撫摸皮膚發疹而一片紅的咲良臉頰。

「噯，碰到小孩子的事，怎麼樣都會變得敏感。像我姐她們家，只是小孩不小心吃到洗澡的嬰兒肥皂，就打電話到廠商那裡去問呢。」

「咦？」

「我媽也笑他們太誇張了。」

「欸，然後怎麼樣了？」

「咦？什麼東西怎麼樣？」

「嬰兒肥皂。廠商說沒問題嗎？是哪一家的？萊拉？鷺塚肥皂？如果是萊拉，我們家也是用萊拉的。」

良枝從來沒有注意過。她一直以為既然都叫「嬰兒專用」了，應該不會有問題，但是和咲良一起洗澡時，咲良應該也不小心吃過好幾次。

理彩好像有點慌了，「我沒問那麼多。」她說，「可是既然都能拿來笑話講了，一定沒問題的啦。」

「真的嗎？如果下次遇到妳姐姐，可以幫我問問嗎？」

「好。……可是小孩平安出生，真的太好了。」

理彩看著抓住桌子邊緣，搖搖擺擺走路的咲良說。

「千波的婚禮就要開始的時候，妳突然哭出來，害我真的擔心死了。」

「那個時候我真的被逼得很緊。」

理彩的臉上突然沒了表情。一會兒後，她面露苦笑，小聲呢喃：「妳不道歉啊。」

「咦？」

「我以為妳至少會道個歉，說聲不好意思讓妳擔心了。因為妳後來一下子就懷孕了。」

「才不是一下子呢。醫生一直沒有確診，從頭到尾都沒有好好跟我說恭喜。」

「育嬰假妳打算請到滿嗎？」

「嗯。一開始我打算一年就回職場，結果還是決定請滿三年。可是如果那時候可以生第二胎是最好的。那樣的話又可以繼續請三年，合計起來就可以休六年了。」

理彩的眼睛睜得老大，嘴巴發出「咦～」的怪叫。

「都休了六年，還能再回去嗎？我不知道妳們公司職場是什麼氣氛啦，可是六年耶，制度什麼的應該也會有很多變化吧？」

「可是我媽跟阿姨都說最好不要辭掉工作。我也覺得不要辭掉比較好。」

現在或許覺得孩子很可愛，也全心忙著育兒，但是如果辭掉工作，孩子長大以後，自己就失去生活的重心了。辭職或許很簡單，但事後懊悔就來不及了。長期以來一邊工作一邊育兒的她們以真實體驗這麼建議良枝。

說老實話，良枝已經不想工作了，想要在家永遠照顧咲良就好。可是公寓的房貸還有很多年要繳，也想讓咲良學才藝。她不像變得像學的嫂嫂那樣，明明在家閒著沒事，卻也不好好規劃一下兒子的教育問題。

「那妳不辭職囉？」

「嗯。……可是要在家照顧兩個孩子，感覺也很辛苦，所以我想盡量一年就回職場，然後在咲良可以進托兒所的時候開始照顧第二個。現在有很多小孩在排隊等進托兒所，好像很難進去，不過盡量啦。」

理彩不吭聲了。不過她很快地「哦？」了一聲。

「就算母親請產假在家，小孩子也可以繼續待在托兒所喲？」

「嗯。以前好像規定小孩子要先退出托兒所，很麻煩，不過現在只要進了托兒所就沒問題了。」

「哦，這樣啊。」

理彩再次沉默了，良枝見狀「啊」地補充說：

「噯，不過那樣說的話，小孩年紀相近的母親都是親手一次帶好幾個，真辛苦呢。」

「這樣啊。可是我好吃驚。我一直以為妳喜歡工作呢。找到工作的時候，妳說妳很高興能進想進的公司，還說妳很樂在其中。」

「我很喜歡工作啊。而且也很有成就感。所以我才說我不會辭職啊。」

可是每天早上不管任何情況，都得在同樣的時間起床，在上下班的通勤尖峰時段擠在滿是人潮的電車裡搖上一段路；還有不管調到哪個部門，只要過個幾年，人際關係就會出現磨擦，還有來自上司的不合理要求、被迫無止盡的加班，不想回到那種單調日子的心情不是道理說得清的，而且也是另一碼子事了。理彩應該也不是不明白。

所以懷了孕，開始休產假時，一想到那樣的生活即將會有戲劇性的變化，良枝開心極了。沒想到事與願違。

送理彩回車站的車中，「這麼說來……」她想起來似地說。理彩告訴良枝，她們那天參加婚禮的主角天野千波現在似乎正在進行不孕治療。她剛過二十歲的時候得了子宮肌瘤，煩惱或許是這個原因，跟丈夫兩個人在昂貴的診所進行治療。

「好像很辛苦呢。」理彩說，「這樣啊。」良枝應著，心想真可憐。千波一定很想要孩子，卻沒辦法生，真可憐。

從車站回來後，良枝急忙幫咲良洗澡，開始準備晚飯。現在已經長得相當大的咲良已經能坐浴室椅了，所以可以跟良枝一起洗澡。晚上雖然還是會睡到一半哭起來，但勉強也算是養成了九點或十點入睡的習慣。

今天理彩來了，所以整天的預定都亂掉了。即使只有一天，咲良好不容易養成的習慣萬一亂掉，感覺會無法再矯正回來，因此良枝急忙準備可以迅速弄好的納豆拌飯做離乳食品。

7

「吵死了！」良枝吼道，拍了一下哭個不停的咲良額頭。

我打了咲良。

凌晨三點咲良突然哭起來，「乖呵，乖呵。」良枝哄著，但咲良還是哭個不停。良枝睏得要命，睏得要命，實在是睏得要命，繼續以溫柔的聲音哄著，但咲良不僅不停止哭泣，反而越哭越大聲。

「吵死了！」

打了她的額頭後，咲良的聲音一瞬間停了。

很像出生第二個月，第一次接受疫苗接種那時候。咲良露出完全不明白發生了什麼事的表情，接著發瘋似地號啕大哭起來。

這是良枝第一次打咲良，她盯著自己的手茫然自失，坐倒在不斷哭泣的咲良面前，完全不想伸手碰孩子。

咲良凶猛的哭聲終於讓睡在旁邊的學爬起來了。良枝已經發現咲良夜啼的時候，睡著的學有一半以上都只是在裝睡。「怎麼啦？」睏倦地詢問的聲音不是在問良枝，而是她懷裡的咲良。學沒有看良枝的臉，只看著咲良。

「欸。」

良枝叫住學似地說。

「我打了她。」

肩膀熱了起來。良枝背對著，等待學會怎麼回答。學一副沒什麼大不了的樣子，哄著咲良說：「噢，這樣啊，媽媽打妳呀，好怕好怕，沒事沒事。」然後他草草摸了孩子的頭兩三下，馬上又翻身回去睡了。

良枝垮著肩膀，咬緊嘴唇。哪裡沒事了。

才不是沒事。我已經快不行了。

這個人一定覺得我們家一點問題也沒有。他一定覺得那些可怕的事情只會發生在一小部分、跟自己不一樣的人家裡。

良枝大大地嘆了口氣，把哭累而音量稍微變小的咲良擁進懷裡，悄悄地走出陽臺。為了讓哭個不停的咲良吹吹晚風，過去她也經常這樣做。大樓的燈光在遠處零星亮著，底下的馬路傳來汽車喇叭聲。不知何處有狗在吠。低頭望去，看得到車頭燈或車尾燈的紅燈。懷裡抱著咲良沉甸甸的屁股，高度讓腳瑟縮。

不知道是不是明白自己剛才被打了，咲良的哭聲聽起來像報復。感覺像在責備：妳打我，討厭。

良枝抱緊繼續哭的咲良，大叫：「哇！」

她用比咲良更大的聲音大叫。

咲良嚇了一跳似地肩膀一顫，停止哭泣，仰望咲良的臉。良枝接著又叫。哇！哇！哇！越是出聲，就越是停不住。哇！哇！哇！中途開始，淚水滾過臉頰。

她緊抱住咲良，覺得累了。

對咲良的愧疚、罪惡感、自覺窩囊、羞恥，這些感情全都無所謂了，她只覺得，好睏。

有一天，良枝發現自己忘了買蔥。

在料理節目看到的，可以冷凍保存的豬肉蔥漢堡看起來很簡單，而且好吃，即使是疲累的日子，也可以馬上為學的晚飯加一道菜，吸引力十足。豬絞肉已經調味好，開始動手料理了。她想再出門跑一趟，可是想到又要抱著咲良上車，在七穗購物中心的停車場打開折疊式嬰兒車，把咲良抱上去，只買束一九八圓的蔥又回來——光是想像這個過程就感到挫折。

到七穗購物中心只要五分鐘車程。要買的只是一束蔥。

嬰兒床對於平常睡在一起的咲良來說，大半的角色是良枝在做家事時的牢籠。隨著咲良年紀增長，良枝把木頭欄杆的高度調高固定，讓籠子變得更深。咲良還沒辦法一個人下床。良枝確定周圍沒有任何對咲良危險的物品後，離開屋子。

快，快，快去快回，快去快回。

為收銀臺前沒幾個人的隊伍和紅綠燈焦急著，盡可能火速買完東西趕回家一看，咲良若無其事地還在嬰兒床裡。她看到良枝提著伸出蔥來的購物袋，開心地叫著：「啊嗚啊。」客廳開著沒關的麵包超人影片正好播完一集，正在放片尾曲。咲良隨著歌曲展露笑容。看到那張臉，良枝打從心底鬆了一口氣。

什麼嘛，原來這麼簡單。

8

應該很簡單的。

咲良不見了。咲良不見了。明明一直在一起的，嬰兒車卻不見了。

從七穗購物中心回到公寓，連在停車場關上小轎車的門都嫌浪費時間，良枝緊握住汗溼的手，哭著回到家裡。為了連絡學。為了告訴他孩子不見了。

把車子停在停車場，搭電梯上六樓。

看到放在玄關前的嬰兒車瞬間，良枝全身一陣戰慄。怎麼可能！她驚愕，嘴巴痙攣起來。座椅鋪著粉紅色櫻花圖案毯子的嬰兒車，確實是咲良的沒錯。

她用發抖的手開鎖推門。找成那樣、慌亂地想要確認平安無事的咲良正在嬰兒床裡安睡著。床單和鋪在上面的浴巾被推擠得亂七八糟。可能是一直哭個不停，眼角有流淚的痕跡，嘴角有乾掉的口水痕。過去也見過幾次這樣因尋找良枝而哭累睡著的咲良。

一股凍結全身的寒意從腳底慢慢爬上來。背脊發冷，臉越來越滾燙。

這是沒辦法的事——她告訴自己。

這是沒辦法的事。我每天只有零碎的睡眠，還得在這當中打掃房屋，苦心設計離乳食品，為自己還有晚歸的學準備時間不同的兩次晚餐，把必須拆開細細清洗的咲良的吸管學習杯用熱水消毒，腦袋已經朦朧混亂了。認定必須跟咲良形影不離，腦袋，混亂，所以。

身體猛地一個哆嗦，就像浸了冰水似地，內臟好似打從胃底冷起來。

自從生產以後，出門時咲良的嬰兒車無時無刻總是在身邊。推桿的壓迫感、存在感總是理所當然地搗在胸脯一帶。如果沒有那種感覺就坐立難安，好似忘了什麼。

睡著的咲良胸脯上下起伏。身上衣服的兔子臉配合呼吸平靜地隆起，安靜地降下。布料皺起或拉長，印在衣服上的兔子臉看起來像在生氣，也像在哭泣。

良枝感到不敢置信。

不敢相信自己做出來的事。一方面覺得這是辦法的事，卻又不知所措，混亂不堪。良枝今天沒有帶咲良去七穗購物中心。可是明明才不久前的事，她卻想不起來自己是何時出門、逛了七穗購物中心的哪些地方。丟下裝手機的肩包，只帶著錢包出門，自己是想做什麼？想要在七穗購物中心買什麼？

不是想要便宜的髮束。只是想要一個人的時間。

因為一直沒睡，踏在地上的腳沒有現實感。宛如處在夢中，視野底部的白霧已經堆積了好幾天。「怎麼辦？」良枝說出聲來。七穗購物中心裡，警衛和總經理應該還在找咲良的嬰兒車。他們還說要報警。

我搞砸了。

沉睡的咲良臉頰上散布著紅疹。安詳地閉著眼睛的她的嘴巴軟軟地、無力地張著。什麼都不知道，什麼都不懂的咲良。只能相信我的咲良。

用不著心理準備，良枝一瞬間就決定了。她咬緊嘴唇，匆匆把咲良的頭從床上抱起，摟到胸前。裝手機的皮包這次搭在肩上，丟在玄關的嬰兒車沒有打開直接拖走，搭電梯下樓。把睡著的咲良放上嬰兒座，嬰兒車塞到腳下，急忙趕往七穗購物中心。如果停下來思考，似乎就會躊躇不前，她只知道要快。鼻頭滲出汗珠。

不是停在平常停車的戶外停車場，而是開進室內的立體停車場三樓，打開嬰兒車把咲良放上去。咲良睡著沒有醒。看到那張無辜的睡臉，胸口被揪緊似地發疼。可是除了這麼做以外，良枝想不到其他方法了。

她要把載著咲良的嬰兒車丟在附近的男廁。

要是男廁的話，良枝就不會被懷疑吧。放下嬰兒車後，良枝再回去剛才的員工休息室。沒事的，沒事的。警衛很快就會找到丟在那裡的嬰兒車。一定幾分鐘就會找到了。如果他們一直沒找到，良枝再自己衝出去找就行了。

可是——一道不祥的暗影罩上胸口，就像要把她推入漆黑的深淵。

可是，萬一丟在那裡的幾分鐘內，真的有人把咲良跟嬰兒車帶走的話。

不會有事的，一定不會有事的。不可能發生那種事。咲良很快就會被警衛或員工找到。不可能真的被擄走。可是萬一，萬一真的發生那種事，這次良枝真的不用活了。

握住嬰兒車握把的手被汗溼透了，隨時都像會滑掉。得快點才行，得快點才行。

走過被微弱的螢光燈照亮的灰濛濛停車場，把嬰兒車推進散發出有如暗夜城市中唯一明亮的便利超商燈光般的購物中心入口。沒有人。延伸到熱鬧通道的電扶梯發出震動聲轉動著。看到那個景象，良枝雙腳瑟縮，一陣作嘔。她想像自己和咲良被捲進電扶梯裡，粉身碎骨的景象。她硬是撇過頭去，把嬰兒車往逃生梯的方向推。平常不會使用的樓層間平臺廁所的標示就在底下。

良枝深深吸氣，把咲良連同嬰兒車抬起。每次看到學在沒有斜坡的地方用蠻力這樣做，良枝總是覺得驚險萬狀，同時氣憤為什麼大家都在使用的地方，居然沒有電梯和斜坡這些必要的設備？

如果不屏住呼吸一口氣搬運，似乎就會脫力，讓咲良摔下去。重心不穩，身體連同嬰兒車歪倒，就快踏空階梯的時候她勉強恢復平衡，把嬰兒車的車輪放上平臺。與其說是放，更接近猛力一扔。彈跳讓睡著的咲良反射性地發出「呼欸」的叫聲。

額頭浮出汗水。目的地的男廁就在眼前了。

我只能這麼做。我只能這麼做了。這樣下去，我會被當成不正常的母親。會被烙上再也洗刷不掉的、育兒精神衰弱而大吵大鬧的不正常母親的烙印。會再也不能來七穗購物中心買東西了。公寓就在附近，所以我才會來這裡買東西的。貸款也還沒付完。會不能再繼續住下去。

對不起，良枝看著嬰兒車裡沉睡的咲良說。對不起，對不起，她一再道歉。咲良出生以後，她好像就一直在向這孩子道歉。對不起，我是這麼糟的母親，對不起。

她手指顫抖著，明明怕得不得了，但還是抬起頭來，準備動手把嬰兒車推進男廁。

就在這個時候。

嬰兒車裡的咲良忽然睜開了一直閉著的眼睛。單眼皮、黑白分明而清澈的眼睛捕捉到良枝的身影。焦點確實地凝結在自己面前。

那一瞬間，良枝動彈不得。前所未見的強烈衝動壓垮了胸口。

嗚哇啊啊啊啊啊！她放聲大叫。

良枝抓住本來就要放開的把手，邋遢地頹靠在推桿上，哭叫起來。咲良的眼睛嚇了一跳似地睜開，仰望良枝。良枝膝蓋以下脫了力，蹲踞似地癱坐下去，不停地哭泣。

人來了。有人問「怎麼了」。她在淚眼迷濛的視野中看到警衛藍色的制服。是剛才良枝抓住他的手臂，求他幫忙找嬰兒車的那個人。他發現在哭的是良枝，「啊」地一叫。

警衛急忙檢查嬰兒車，確定咲良就在那裡。

他用力拍打良枝的肩膀，「太太，」他說，「太太，妳找到了。太好了，真的、真的太好了。」

聽到良枝的哭聲，不知道是客人還是員工，人開始聚集過來。警衛用無線電連絡，叫著：「找到了，找到了！」

「太好了，太好了。」

許多人撫摸著良枝的背。

「太太，能找到真是太好了。」

太太，太太，不斷投上來的這些話，令良枝抬不起頭。她覺得那些聲音遙遠得、生疏得不曉得是從哪裡傳來的。

這十個月以來，良枝夢見過好幾次她害死咲良。在浴室手滑、在陽臺不小心，讓咲良從這雙手中摔落，過失致死的夢。來不及、搆不著，任她墜地的夢。我做了不可挽回的錯事。

可能是看到許多人，被嚇著了，咲良尖聲哭了起來。

即使再也無可挽回，即使越過了不能越過的一線，即使破滅，今後我還是會摟緊咲良。會永遠擁抱住她。

良枝總算抬起一直按在嬰兒車推桿上的臉，呼喚咲良。當她把手伸向座位，雙手觸摸到咲良的臉頰瞬間，喉嚨深處又漏出擠出來似的哭聲。

對不起，她說。

為了妳，我什麼都肯做。

各篇初次發表

〈仁志野町的小偷〉　ＡＬＬ讀物　二〇〇九年十月號
〈石蕗南地區的縱火〉　ＡＬＬ讀物　二〇一〇年四月號
〈美彌谷社區的逃亡者〉　ＡＬＬ讀物　二〇一〇年一月號
〈芹葉大學的夢想與殺人〉　文春ＭＯＯＫ《ＡＬＬ推理》
〈君本家的綁票〉　文春ＭＯＯＫ《ＡＬＬ推理二〇一二》

藍小說183

沒有鑰匙的夢

作　者—辻村深月
譯　者—王華懋
主　編—李國祥
總 編 輯—李采洪
董 事 長—趙政岷
出 版 者—時報文化出版企業股份有限公司
108019台北市和平西路三段二四〇號三樓
發行專線—（〇二）二三〇六—六八四二
讀者服務專線—〇八〇〇—二三一—七〇五
（〇二）二三〇四—七一〇三
讀者服務傳真—（〇二）二三〇四—六八五八
郵撥—一九三四四七二四時報文化出版公司
信箱—一〇八九九臺北華江橋郵局第九九信箱
時報悅讀網—http://www.readingtimes.com.tw
電子郵件信箱—liter@readingtimes.com.tw
法律顧問—理律法律事務所　陳長文律師、李念祖律師
印　刷—勁達印刷股份有限公司
初版一刷—二〇一三年十月四日
初版四刷—二〇二一年十二月三日
定　價—新台幣二八〇元
（缺頁或破損的書，請寄回更換）

時報文化出版公司成立於一九七五年，並於一九九九年股票上櫃公開發行，於二〇〇八年脫離中時集團非屬旺中，以「尊重智慧與創意的文化事業」為信念。

沒有鑰匙的夢 / 辻村深月作；王華懋譯. -- 初版. -- 臺北市：時報文化, 2013.10
面；　公分. --（藍小說；183）
譯自：鍵のない夢を見る
ISBN 978-957-13-5819-2（平裝）

861.57　　102016106

ISBN 978-957-13-5819-2
Printed in Taiwan